GIRLS' SCHOOL IN FULLBLOOM

# Strawberry Panic!

ストロベリー・パニック!

1

公野櫻子

イラスト／たくみなむち

今日もいい日でありますように――
古風なワンピースの制服が麗しい聖ミアトル女学園は、丘に建つ3つの女子校の中で、最も伝統ある学校。厳格な教育方針で、名家の子女が多く通う。朝には仲のいい生徒が連れ立って登校する、爽やかな風景が見られ……。

聖ミアトル女学園
Miator Girls' School
Miator
Girls' School

# 週末は寮の中庭で
# パーティーをしましょう

社会で活躍する、自立した女性を多く輩出してきた聖スピカ女学院。校内のカフェテラスでくつろぐ生徒たちからも、明るく活動的な雰囲気が伝わってくるよね。白いミニスカートの制服は、お洒落だと近隣でも評判。

SPICA
S
Spica Girls' School
聖スピカ女学院
Spica Girls' School

教室で楽しげにノートを広げているのは、現代型の良妻賢母を育てることをモットーにした、聖ル・リム女学校の乙女たち。自由でおっとりとした校風のためか、みんなのんびりとマイペースで勉強している様子……。

うふふっ♥
ちゃんとお勉強してる？
聖ル・リム女学校
Lulim Girls' School

# Contents

GIRLS' SCHOOL IN FULLBLOOM

# Strawberry Panic!

## ストロベリー・パニック!

1

公野櫻子

イラスト／たくみなむち

## 惹かれ合う者たち

『ストロベリー・パニック！①』の登場人物から、まずは麗しき恋人たち――渚砂&静馬、光莉&天音を紹介。この2組のカップルが全校生徒の注目の的に……。

*Hanazono Shizuma*

聖ミアトル女学園
6年雪組
### 花園静馬
はなぞの しずま

日本有数の名家の長女。その美貌と華麗な振る舞いで、周囲を魅了し続けている。そんな学園の女王様が、なぜか渚砂に興味を持つ。

聖ミアトル女学園4年月組
### 蒼井渚砂
あおい なぎさ

聖ミアトル女学園の編入生。15歳。元気が取り得のごく普通の女の子だ。静馬からの積極的なアタックにいろいろと戸惑いながらも、静馬に強く惹かれていく……。

*Aoi Nagisa*

*Konohana Hikari*

## 大切な仲間たち *Part 1*

聖ミアトル女学園
4年月組
**涼水玉青**
すずみ たまお

渚砂の同級生でルームメイト。渚砂の世話役を自認しているが、下心もある様子……。

聖ミアトル女学園
1年花組
**月館千代**
つきだて ちよ

幼稚園からミアトルに通い、今春から中学生に。元気で優しい渚砂に、憧れを抱いている。

聖スピカ女学院
3年アン組
**南都夜々**
なんと やや

光莉の同級生。女の子しか愛せない真性の百合娘で、心身ともにおとなびている……。

聖スピカ女学院
1年ドゥ組
**奥若 蕾**
おくわか つぼみ

1年生ながら、生徒会で書記を務める少女。元気で華やかなところが、上級生にも人気。

聖スピカ女学院3年アン組
**此花光莉**
このはな ひかり

4月から編入してきた中学3年生の少女。おとなしくて引っ込み思案。見知らぬ土地での生活に、早くもホームシックにかかってしまい……。

聖スピカ女学院5年トロワ組
**鳳 天音**
おおとり あまね

学院5大スターの筆頭で、プリンスと称えられている生徒。華やかな外見に似合わず、性格はシャイで物静か。寮で会った光莉のことが、どうしても頭から離れない。

*Otori Amane*

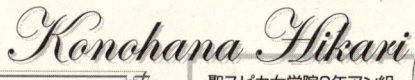

## 学園を支える乙女たち

各校を統括する生徒会長を紹介。彼女たちは才色兼備の優等生として、尊敬と憧れを集めている。ちなみに会長職は、通常5年生（高校2年生）が務めている。

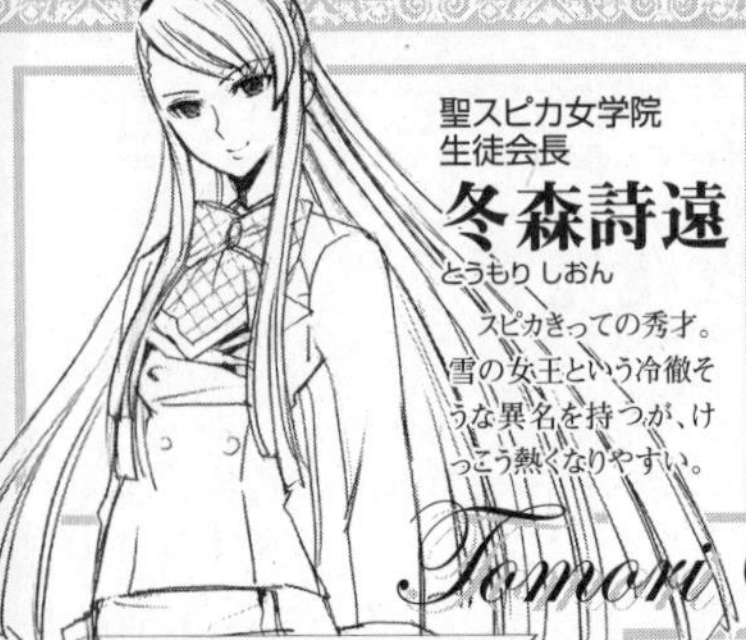

聖スピカ女学院
生徒会長
### 冬森詩遠
とうもり しおん

スピカきっての秀才。雪の女王という冷徹そうな異名を持つが、けっこう熱くなりやすい。

*Tomori Shion*

聖ミアトル女学園生徒会長
### 六条深雪
ろくじょう みゆき

歴史ある旧家の娘で、六条院の姫君と呼ばれる策謀家。物の怪を操れると噂が立つほど畏れられている。

*Rokujo Miyuki*

聖ル・リム女学校
生徒会長
### 源 千華留
みなもと ちかる

ル・リムの聖母と慕われる、優しく穏やかな少女。物腰は柔らかだが、実はかなりのやり手で……。

*Minamoto Chikaru*

## 大切な仲間たち *Part 2*

聖ル・リム女学校
2年B組
### 日向絆奈
ひゅうが きずな

天真爛漫で、いつも幼く見られがちな少女。甘いお菓子と千華留のことが大好き。

聖ル・リム女学校
2年B組
### 夏目檸檬
なつめ れもん

絆奈の同級生。明るいけれど恥ずかしがり屋で、憧れの千華留の前では赤面してしまう。

聖ル・リム女学校
1年C組
### 白檀籠女
びゃくだん かごめ

いつもクマのぬいぐるみを持っている幼げな女の子。眠くなるとクマを抱えて寝てしまう。

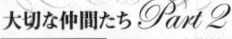

## アストラエア寮（いちご舎）

渚砂や静馬たちが寄宿生活を送るいちご舎。丘の外れにあり、学校ごとに3つの建物が、三角形に並んでいる。

# 図解 アストラエアの丘

『ストロベリー・パニック!』の舞台が、このアストラエアの丘。ここに建つ修道院を母体にして、3つの女子校が発展していった。物語を彩る乙女たちが生活している、各施設の位置や外観などを紹介。

## 乙女苑《おとめえん》

3つの女子校に囲まれるようにして広がっている乙女苑。中央に大きな池があり、御聖堂も建っている大きな庭園だ。

## 聖ル・リム女学校

いちご舎から最も近い場所に建っており、校舎はどことなく温かみのある雰囲気。

## 聖ミアトル女学園

最も伝統がある学校で、3校の中央に位置する。建物は英国風で威厳に満ちている。

## 聖スピカ女学院

フランス風の華やかな校舎が目を引くスピカ。馬場や屋内プールなどの施設も充実している。

# 第1章

## 第1日

## 桜色の霞の中で
## 女神は愛しい獲物を見つける

はらはらはら……と。

辺《あた》り一面に桜《さくら》の花が舞い散っていた。

太い桜の古木《こぼく》に取り囲まれて。

若草色に輝《かがや》く緩《ゆる》やかな丘の上に立っているその2人は、まるで薄い桜色の雲の中に佇《たたず》んでいるように見えた。

「ついにお別れの時がきてしまったのね……」

「お姉様《ねえさま》、私……まだ……」

ひゅううっ。

軽《かろ》やかな風が吹いてきて。

また満開《まんかい》の桜の花びらを散らす。

はらはらはら……。

「まだお姉様と一緒《いっしょ》にいたいです……」

桜色の霞《かすみ》の中で。

大きい影と小さい影はよりそって丘の上に立っていた。

「そんなことを……」

大きい影が諭《さと》すように小さい影へかがみ込む。

「口にしてはダメよ……」

そっと唇《くちびる》に指をあてる。

「は、はい……すみません……」

小さい影——少女は手にしたハンカチで涙を拭《ぬぐ》う。

先刻《さっき》から泣きすぎていて、もうハンカチはビショビショになってしまっているけれど、それでもかまわずに夢中《むちゅう》でぐいぐいと目をこする。

「それに……」

大きい影は手を伸ばしてそっと優《やさ》しく少女の手を止めた。

びくっ。

少女の肩が大きく震《ふる》える。

「そんなにこすってはダメよ、相変わらず泣き虫さんなのね——目が腫《は》れてしまうわ……」

少女のまぶたを愛《いと》しげに優しくそっと指でなぞる。

少女が痙攣《けいれん》したかのように激しく震える。

ひゅううっ。

また桜色の雲が吹き寄せた。

ほとんど真っ白な、でもそれでいてほんの一滴、かすかに桃色《ももいろ》の気配《けはい》のするこの景色《けしき》の中で。少女のそんな姿《すがた》を見た大きい影――制服のよく似合《にあ》う少女から、大人《おとな》の女性へと変身《へんしん》する時期がもうほんのすぐそこに到来《とうらい》しているかのように見える、その乙女《おとめ》は。

激しく欲情《よくじょう》した。

ああ……たまらないわ。

両方の腕《うで》を大きく広げ、小さい影を抱きしめようとする――しかし。

その動きがふと止まった。

いけない――こんなことをしたら。

未練《みれん》が残るわ……。

私《わたくし》はもうこの子を抱きしめてはいけないの。

だってお別れの時が来てしまったのだもの――。

広げかけた両手をぐっと抑《おさ》えて。そっと少女の肩に置いた。

「ねえ、私《わたくし》のかわいいひなぎくちゃん。今まで、私《わたくし》たちとても幸せだったわね。本当に……あなたは私《わたくし》のかわいい天使だったわ――本当に。わかってね、こんなにかわいいあなただもの、私《わたくし》だってとても……離れるのは辛《つら》いのよ……」

「それじゃあ……」

その言葉《ことば》に。

少女がはっと顔を上げる。

かすかな期待《きたい》に、流れ続けていた涙が音もなく止まる。

そんな少女の顔をこの上なく悲しげに見やって。

乙女は――この青空に浮かぶ桜色の雲に溶《と》けてしまいそうに美しく気高《けだか》いお姉様《ねえさま》は、静かに
――そしてゆっくりと。

首を横に振った。

――。


そして。

「私《わたくし》のこと……知っているでしょう？」

お姉様はゆったりと微笑《ほほえ》んだ。

「は、はい……」


わかってはいたことだけれど。

やっぱり――。

滂沱《ぼうだ》の涙が少女の頬《ほほ》を伝う。

「さあ、もうそんなに……泣かないで」

再び流れ出した涙を、お姉様は優《やさ》しく再び指で拭《ぬぐ》った。

しかし、むせび泣く少女の背中からは嗚咽《おえつ》が響《ひび》くばかり。

「困ったわね、そんなに泣いているのを見たら……なんだか私《わたくし》まで苦しくなってしまいそうよ……」

そう言ってそっと少女の背中に手を置いたお姉様《ねえさま》――花園静馬《はなぞのしずま》17歳は。

またも迎えてしまった無垢《むく》な少女との別れを、彼女なりに悼《いた》んでいた。

ああ、小さなか細いひなぎくのように可憐《かれん》だった私《わたくし》の宝物のあなた。

ずっとずっとこの時が続けばいいと思っていたのに……。

時間の流れは残酷《ざんこく》だわ――やっぱり、また――。

こんな時を迎えてしまった――。

私《わたくし》の浮気な心を、今度こそ、あなたこそが、つなぎ止めてくれると思ったのに――。

高く晴れ渡った青空を見上げて。

いつしか静馬は思い返していた。

＊

この聖ミアトルにやって来てから――いったい何度、こんなことを繰り返してきただろうか。

世間《せけん》ではトップクラスのお嬢様学校と言われるこの聖ミアトル女学園。

育ちもよく、容姿《ようし》もよく、たいそう聡明《そうめい》でありながらなおかつその心は健気《けなげ》で、羞《は》じらいがあって純情《じゅんじょう》で、目上《めうえ》の者に対する敬意と神を愛する清らかな心を持ち――一般社会では絶滅《ぜつめつ》したかに思えるそんな床《ゆか》しい少女たちがあまたいるこの学校で。

この私《わたくし》に目移りするなっていうほうが無理だわ――。

そんな学校に幼稚園から通う静馬は、中等部に上がった頃から、校内の関心を一身《いっしん》に集めていた。

名家《めいか》の娘たちがひしめくミアトルにあってさえ、政財界に根を張る旧財閥《きゅうざいばつ》の宗家《そうけ》の長女、総領姫《そうりょうひめ》という出自《しゅつじ》は生徒たちの耳目《じもく》を集めるのには十分だったし、その上、静馬は掛け値なしに、眉目秀麗《びもくしゅうれい》、文武両道《ぶんぶりょうどう》の才女だった。

柔らかく波打つつややかな長い髪《かみ》。

白く透き通るような肌はまさに白磁《はくじ》のよう。

高い頭身に、すらりと細く長い手足――。

陸上部ではハイジャンプを得意とし、体育祭では常にリレーの選手、全国一斉模試《いっせいもし》では常にトップ100に入っていると言われる頭脳を持つ静馬の、つんと高い鼻とがった頤《あご》には知性の閃《ひらめ》きが感じられ、長いまつげに縁取《ふちど》られた大きな瞳《ひとみ》はいつもキラキラと輝《かがや》いていて、彼女はいつも自信に満ちあふれていた。

高貴《こうき》な瞳の西洋人形――ビスクドール。見た誰もがそう思った。

そんな、立ってよし、座ってよし、才能もあって……本当にまあいつ見てもまるで大輪《たいりん》の薔《バ》薇《ラ》の花のような――と幼《おさな》い日から言われ続けた彼女には。

降るようにあった上級生からのお茶の誘《さそ》いも、射抜《いぬ》かれるようだった下級生からの憧《あこが》れの視線も、大して違和感《いわかん》を感じるものではなかったから――。

静馬《しずま》はそんな誘いを断らず、どんな相手にもニッコリと微笑《ほほえ》み返して、華やかな学園生活を送ってきた。憧れが高じて恋になっても、静馬は別にそれが変だとは思わなかった。美しく、かわいらしい乙女《おとめ》たちの群れの中にいるのは楽しかったし、誘われるままに恋愛《れんあい》ごっこを楽しむのは嫌いじゃなかったから――。そしていつか静馬は乙女たちの間だけに存在《そんざい》する、不思議《ふしぎ》な感情と駆け引きとを愛するようになった。

意識し合う女の子と女の子の間にだけ漂《ただよ》う、あの濃《こ》く甘く柔らかな桃《もも》のような香り。

白く柔らかい肌といつもいつも触《ふ》れ合っていたいような、愛《いと》しさとも焦燥《しょうそう》ともつかないこの感情。

ひとたび心の中にこの感情が生まれてしまったら、もう相手を独占《どくせん》せずにはいられない、強く激しい心の動き。

もうあなたと片時《かたとき》も離れられない――。

あなたといつもつながっていたい――。

大切な私《わたくし》のあなたの視界に、私《わたくし》以外の者が存在《そんざい》することすら許《ゆる》せない――。

それは――才能に恵まれ、たいがいのことは何もかも自分でコントロールしてきた静馬の人生に、初めて現れた御《ぎょ》しがたい奔馬《ほんば》のような感情だった。
静馬はその感覚に溺《おぼ》れ、そして、いつの頃からか――。
上級生になった静馬はお気に入りの連れを頻繁《ひんぱん》に変えるようになっていた。
刺激《しげき》に慣《な》れてしまったのだろうか……いや、そうではない。
いつの頃からか。
誰といても、何をしても、どこか一カ所。
心の奥に埋《う》まらない空白《くうはく》があるような気がして――。
それはもしかしたらあの子のせい――
一瞬、静馬の心に小さなヒビが入りかける。
しかし、静馬はよみがえりかけるその秋の思い出をそっと押し戻して封印《ふういん》する。
きっと、どこかに、この空白を埋めてくれる人がいるような気がするから――。

＊

静馬の沈黙《ちんもく》に。
少女はいつの間にか顔を上げていた。
もうその目に涙はない。
代わりにそこにあったのは決意の表情――。

「ごめんなさい、静馬《しずま》お姉様《ねえさま》……涙がお嫌いなお姉様にこんな顔をお見せしてしまって——」

涙でしとどに濡《ぬ》れた頬《ほほ》になんとか微笑《ほほえ》みをつくってみせる。

「静馬お姉様は、私にとって、この桜の花の見せる美しい夢のような——そんな方でした」

っと。

空に向かって差し上げた少女の指先に、舞い散る桜の花びらが一片《ひとひら》留まる。

「だから、大丈夫です、どうかご心配——なさらないでください。もともとこんな私が静馬お姉様のお供をさせていただけたこと自体《じたい》が夢のようなお話だったんですもの……私、最高の——もうこれっきり死んでしまってもかまわないっていうくらいの、ステキな夢を見ることができました——」

花びらにそっと口づけをして、少女は笑う。

「静馬お姉様のおそばにいられたこの1カ月——私も、とってもとっても幸せでした。もうそれだけで十分です。私なんかには——もう十分すぎる幸せ……」

そう言う声の最後が少しだけ震《ふる》えた。

ひゅううっ……。

泣き濡れた頬を風が冷たく打つ。

「ありがとう、いい子ね……」

静馬はなんだかたまらなくなって。

最後に——と。

柔らかく熱い少女の頬に手をあてて、その顔をじっと見つめた。

だんだんと少女の澄んだ黒い瞳《ひとみ》に映《うつ》る静馬の顔が大きくなっていく。

そして少女の瞳に映るものが、やはり静馬の瞳だけになろうとする寸前《すんぜん》に。

少女の瞳はゆっくりと閉じられ。

桜色の雲に浮かぶ2人の影は1つに重なった。

かさっ。

やがて静馬のスカートの衣擦《きぬず》れの音がした。

＊

「先に——お行きになってください」

不安そうにその顔を見つめる静馬に。

少女は胸の前で両手を合わせ、目をつぶってそれを受けたままの姿で——きっぱりと言った。

「わたしはここでもう少し……桜の花を見てから行きます。静馬お姉様の思い出と——」

そっと目を開《あ》けて晴れやかに笑顔《えがお》を見せる。

「最後のお別れをしていきます。でも、どうぞご安心なさってください——明日《あした》からは、ちゃんと……ただの下級生に戻ります——ただ、最後に……」

少女の目から涙がまた一筋こぼれ落ちた。

「思い出は――心の中の思い出だけは――ずっとずっと持っていてもいいですよね？　これは私の一生の宝物だから――」

静馬《しずま》は口の中にほんの少しの苦みを覚《おぼ》えながら、少女に向かって微笑《ほほえ》んだ。

「ええ、もちろんよ」

そしてくるりと少女に背を向けると。

もう2度と振り向かずに1人丘を下りていった。

「私《わたくし》の愛したあなた――私《わたくし》の小さなひなぎくの花は、この先もずっとあなただけよ……」

ざあああぁっ。

風が強くなってきて、舞い散る桜は吹雪《ふぶき》のように少女の目から静馬の後ろ姿を覆《おお》い隠《かく》した。

桜の花の舞い散る景色《けしき》はそこにある何もかもを美しく見せてしまうけれど――。

その命は1週間も持たない。

＊

きらきらきらきら……と。

白く乾《かわ》いた道の塀沿《へいぞ》いに。

白い小手毬《こでまり》の花が群《む》れて陽の光に透《す》けて輝《かがや》くように咲き乱れていた。

「うわぁ～、かわいい花」

少女は歓声《かんせい》をあげると、長く続く塀に沿って植えられていた若々しい小手毬の茂みに思わず手を出した。

少女の細い指に触《ふ》れられた小さな花枝《かし》は、幸せそうにチラチラと揺《ゆ》れて細かな花びらをホロホロと散らす。

少女の足下《あしもと》の地面に粉雪《こなゆき》のように細かな白い花びらが降り積もる。

「温《あたた》かい雪が降ってるみたい――」

サア――ッ……。

小さなつむじ風が巻き起こって。

さわさわさわさわ……。

白く輝く無数《むすう》の小さな花々の重みにぐっと頭を垂《た》れた小手毬の枝々がしなって揺れた。

輝く無数の粉雪が辺《あた》り一面に舞い落ちる。

そんなかわいらしい花のささやかな名前はちっとも知らなかった少女だったけれど。

でも、それはあまりに輝かしく美しく晴れ晴れとした光景で。

それまでもなんだかうきうきした気分で歩いていた彼女――蒼井渚砂《あおいなぎさ》には、これはとっても幸先《さいさき》のいい合図のような気がした。

きっと新しい学校では、楽しいことがたくさん待っているようなそんな予感がする。

すっごいお嬢様学校だって聞いていたから、ちょっぴり不安になっていたけれど、でも――。

うん、きっと大丈夫。

こんなにいいお天気で、こんなに晴れ晴れとした気分で――迎えることのできた新学期だもの。

今朝《けさ》初めて袖《そで》を通してみた真新《まあたら》しい制服はとってもかわいくて、なんだかあんまり大人《おとな》っぽかったから、渚砂《なぎさ》にはちょっと似合《にあ》わないかも――と到着《とうちゃく》以来していた心配が、まるでウソのように、今日《きょう》の渚砂には似合ってる。

――よね？

今朝、新しい制服を着た自分の姿をチェックしようと全身の映《うつ》る大きな鏡の前に立ったとき。

渚砂の目には――昨日《きのう》までとはまるで別人《べつじん》のように見える自分の姿が飛び込んできた。

いつもよりも念入りに結《ゆ》い上げたポニーテール。

ふんわりと広がったその明るい色の髪《かみ》の束《たば》は、気合いが入りすぎたせいかいつもよりも少し高い位置でキリリと結《むす》ばれている。

濃いチャコールグレーの上質な薄いウール地のワンピースは、総ボタンの丈の長いスカートの間からオフホワイトのペティコートが覗《のぞ》くクラシカルなスタイルで、繊細《せんさい》なレースの襟《えり》にスクールカラーのダークグリーンのショートタイが改まった印象《いんしょう》を醸《かも》し出していた。そんな制服に身を包むと、ここ半年ぐらいで急に身長の伸び始めた渚砂の体が――意外なくらいに映《は》えて大人びて見える。

15歳という年の割に童顔《どうがん》なのは仕方がないけれど――いつも元気な笑顔《えがお》だねって言われるこの笑顔だけは、我《われ》ながら――今日もカンペキ！

――でも、そう思いながら、鏡の中の自分に向けてにっこり笑ってみせると。

そこにはまだやはり――切なく苦い恋よりも、まだただただ甘いだけのお菓子の味しか知らない子供のように無邪気《むじゃき》な笑顔があった。

子狸《こだぬき》みたいって言われることも多いけど――うーん、やっぱり、このまん丸な垂《た》れ目のせいで子供っぽく見えるのかなぁ!?

渚砂は自分の目尻《めじり》に指をあてて少しだけ目を吊《つ》り上げてみる。

うわー、変な顔だ！

ぷぷっと。

噴《ふ》き出した。

でも、その制服は、本当に。

思ったよりも似合ってる気がした。
やっぱり高校生になると――自分でも気がつかないうちに大人《おとな》っぽくなるんだね。
あは――渚砂《なぎさ》、ちょっぴり図々《ずうずう》しいかな？
誰も見ていないのに、渚砂は鏡の前で少し照《て》れ笑いをした。

うん。今日《きょう》なら渚砂、がんばれそうな気がする。

渚砂は日の光に透《す》けて輝《かがや》く小手毬《こでまり》の花の乱舞《らんぶ》を見て思った。

初めての制服に初めての学校――これから通うのは渚砂にはちょっぴり不釣《ふつ》り合《あ》いかもしれないすごいお嬢様学校だけど、でも――。

こんなにかわいいお花が出迎えてくれたんだもん。

これはきっと渚砂のこと……嫌ってないんだと思うの。

なんていうか――神様が。

朝からこんな素敵《すてき》なお日様に照《て》らされて、真っ白な小さい花がとってもキレイでかわいくて――理由はわからないけれどなぜだかこんなに晴れ晴れとした気分になった日は――。

渚砂は神様のことってよくわからないけれど……でも、こんな今日みたいな素敵な気分の日はきっと神様が渚砂のこと応援《おうえん》してくれてるような気がするの！

がんばりなさいって。ちょっとくらいの失敗やドジは私が助けてあげるから、渚砂は細かいことは気にしないでとにかく精いっぱいの元気でがんばりなさいって、そう言ってくれてるような気がするの。

うん、きっとそうだよね！

今日は……渚砂の出発の日だもん。

神様もきっと応援してくれてるんだよ♡

渚砂、これからきっと——楽しいことがたくさん起こるっていう、予感がするの——。

繊細《せんさい》な白いレースの襟元《えりもと》をそっと撫《な》でながら、渚砂は勢《いきお》いをつけてくるっと1回転をした。

長めのスカートがふわりとパラシュートのように広がるのをあわてて押さえる。

あ、いっけない、下着が見えちゃう！

それに——。

こんなことしてる間に遅れちゃったら大変！

今日は大事《だいじ》な初日《しょにち》だからってせっかく早起きしたのに、制服チェックと緊張《きんちょう》を落ち着けるために紅茶を何杯も飲んだのとで、結局10分くらいしか余裕《よゆう》がなくなっちゃったんだもん。急がなくっちゃ——。

＊

憧《あこが》れの制服に身を包み、渚砂《なぎさ》は新しい一歩を踏み出した。

乙女《おとめ》なら誰もが憧れずにはいられない、由緒《ゆいしょ》ある聖ミアトル女学園の制服は。

渚砂の跳《は》ねるような歩みに合わせてひらひらフワフワと揺《ゆ》れている。

宙を舞う長いスカートの裾《すそ》を見下ろしながら——渚砂はこの制服に袖《そで》を通すまで、こんなに長いスカートをはいたことがなく——必要以上にふわりふわりと跳ね上がるスカートを見ながら、これからはもう少しおしとやかに歩かなくちゃいけないかなぁ——などと考えていた。

こうして。

渚砂は、聖ミアトル女学園へと向かう道へと踏み出した。

今日《きょう》から渚砂の学園生活が始まる。

＊

静馬《しずま》は丘の麓《ふもと》まで下りてくると、振り返って丘の頂上《ちょうじょう》を見上げた。

アストラエアの丘。

古くからここに在《あ》る修道院《しゅうどういん》を母体《ぼたい》にこの聖ミアトル女学園はつくられた。

今では隣接地《りんせっち》に聖スピカ女学院、聖ル・リム女学校の2校が姉妹校《しまいこう》として創設《そうせつ》され、アストラエア3校――各々《おのおの》いずれも特色ある名門女子校として世間《せけん》に広く知られている。

下から見ると高く澄んだ青空に突き上げるように、春の緑に萌《も》える丘はそびえ立っていた。

丘を見上げて。

あの子――1人で帰れるかしら？

もう泣いていないといいけれど

静馬はそう思ってから。

ううん……そうじゃないわね。

1人で首を振った。

どんな少女と付き合いだしても、1カ月しか続かなくなってしまったのはひとえに静馬の責任だ。今頃静馬のことを思って泣いてるであろう少女に向かって、こんなことを思って心配する資格は静馬にはない。

自分でもはっきりとした原因はわからないけれど――。

好きなのに。

情熱が続かない。

情熱がなくなったのに付き合い続けるのは――簡単《かんたん》なことだけれどしたくない。

相手の真剣《しんけん》な気持ちに嘘《うそ》はつきたくないから――。

そうして傷つけたくないから。
いつも相手と同じ重さで愛し合っていたいから──。
そう思った静馬《しずま》の胸に再びキリッとした痛みが走り抜けた。
傷つけたくない──相手と同じ重さで愛し合っていたい──その言葉《ことば》に。
あの子とのことは──
心のどこかで別の静馬が問いかける。
あの子のことは──どうなの？
あんなふうにしてここを去らなければならなかったあの子に──
私《わたくし》はやはりどこかで罪悪感《ざいあくかん》を抱《いだ》いているのではなくて？
それとも──

──。

それとも──もう年なのかしら？
ふふっ……静馬は無理やりそう笑って自分をごまかした。

少しだけ肌寒くなった気がした。

これが花曇《はなぐも》りというものかしら？

さっきからなんだか風が強くなってきたみたい――。

アストラエアの丘に咲く白い菫《すみれ》の花が風に倒されてなびいていた。

早くいちご舎に帰らなくては……。

静馬は小さく肩をすくめて丘をぐるりと迂回《うかい》して反対側へ向かう道を歩き出した。

さあぁっ……。

時折強く吹く風に向かって逆《さか》らうように歩く。

丘の裏側には静馬の入っている寄宿舎《きしゆくしや》があるのだ。

＊

別れ話をしてきたってこと、しばらく誰にもバレないといいのだけれど……。

静馬は帰舎してから行くだろうサロンの様子《ようす》を思い浮かべる。

春休みも最後の今日《きょう》、きっと今頃はお茶とお菓子を楽しむ生徒でいっぱいだろう。

そんなとき、静馬の一挙手一投足《いっきょしゆいっとうそく》に注目《ちゆうもく》しているファンは大勢《おおぜい》いる。

だから、今日の静馬の不在《ふざい》はよく目立っているだろう。

上下関係の厳《きび》しい学園やいちご舎で、この春から最上級生となった静馬に近づくのはとても難《むず》しい。サロンへのお出ましは、下級生が静馬《しずま》のようなスターに近づける数少ない機会だ。

最近はどんな子とも1カ月しか続かないと知っていても、やはり静馬に憧《あこが》れ、そばに置いてもらいたいと思う娘たちは後を絶たない。

それは何よりも静馬に愛された娘たちはみな、とても幸せだったと口をそろえて言うから。

幸せの涙を浮かべて、一生心の1番大切な場所にしまっておきたい思い出だと言うから……。

だから静馬はいつも圧倒的《あっとうてき》な存在感《そんざいかん》で乙女《おとめ》たちの間に君臨《くんりん》し——。

あまたの乙女たちはみな、静馬の長い腕に抱かれて、身を任せてみたいと思ってしまうのだ。

下手《へた》な男よりも凛々《りり》しく賢《かしこ》く、強引《ごういん》で、でも美しく——。

そして限りなくどん欲に、相手のすべてを独占《どくせん》しようとする静馬に。

たった今お別れしてきたばかりのあの子が、サロンで口さがない噂話《うわさばなし》に傷ついたりしないとよいのだけれど——。

静馬は少しだけ暗い気持ちになった。

「ふう……」

ため息をついて足下《あしもと》をみたら、いつの間にか足が止まっていた。

そのとき。

「すみませーん！　いちご舎ってこっちのほうでいいんでしょうか？」

前のほうから女の子の声がした。

静馬が顔を上げるとそこには聖ミアトルの制服を着て、大きなボストンバッグを提《さ》げた1人の少女が立っていた。

「あなたは……？」

知らない顔だった。

「明日《あした》から4年に編入することになっている編入生です！　今日《きょう》からいちご舎に入ることになってるんですけど……」

ああ、そういえば昨日《きのう》そんな噂を聞いたような……。

静馬は改めて少女をよく見た。

うふふっ……かわいいポニーテールが跳《は》ねて、これはまたとびきり元気そうな子が入ってきたものね。

きらめく太陽のような少女の笑顔《えがお》につられて、思わずニッコリと笑ってしまった。

ああ——この子と一緒《いっしょ》にいちご舎に帰れば、私《わたくし》の噂《うわさ》も吹き飛んでしまうかもしれないわね。

みんな新しいニュースにはいてもたってもいられないんだから。

静馬《しずま》は少しだけ気が軽くなった。

「それならご案内して差し上げてよ、どうぞご一緒に……」

静馬がすっと。

ダンスのリードをするようにその白く美しい手を差し出した。

# 第2章

## 第7日

## 燃え上がる緑に
## 輝く学園のスターは決意する

その日のすべての授業が終わって、学園内にはどことなく華やかに緩《ゆる》んだ空気が漂《ただよ》っていた。

新校舎にある4年月組の教室では終業のホームルームが行われている。

「——以上、この後の帰り道のみなさんの安全を祈《いの》って終わりにします。それではみなさま、ごきげんよう」

濃《こ》いグレーの修道服《しゅうどうふく》を着たシスターが、教壇《きょうだん》の上から落ち着いた笑顔《えがお》で教室中を見渡した。

「では、オルガン係の方お願いいたします」

シスターが振り向いた教室の入り口近くには小型のオルガンが置かれ、その前にやはり濃いグレーの聖ミアトルの制服に身を包んだ2人の生徒が並んで座っている。

聖ミアトル女学園の日課。聖歌の時間だ。生徒たちは朝と帰りのホームルームの際に必ず聖歌を歌って神を言祝《ことほ》ぐことになっている。

2人は振り返ったシスターの笑顔に応《こた》えるように小さく頷《うなず》くと、互いの顔を見つめ合って柔らかな微笑《ほほえ》みを交わし、鍵盤《けんばん》の上に手を置いた。

それを合図にクラス中の生徒が静かに椅子《いす》を引いて立ち上がる。

連弾《れんだん》の清らかな前奏《ぜんそう》が流れ出した。

あーめのーみーくに

てーんーのーほーし

さーやーきーひーかーりー

かーがーやーきーぬー

そして少女たちの美しく清らかな歌声が室内に響《ひび》き満ちる。

＊

うわ――聖歌ってやっぱりかっこいい！

渚砂《なぎさ》は音をたてながら急いで聖歌集のページをめくる。

――にしても、またもやよく知らない歌だ。いったいどのへんのページにあるんだろ？　まったく聖歌って本当にたくさんあるから困っちゃう――。

ばさばさ。

聖歌集のページが乱暴《らんぼう》にめくられる。

この学校に来てまだ間《ま》がない渚砂《なぎさ》には、その歌が分厚《ぶあつ》い聖歌集のどの辺《あた》りに載《の》っているのかもわからなかった。

あったあったこれだ——そっか、聖母マリア様の歌なんだ……。

ようやく渚砂も声をそろえて歌い出した。出遅れてもよく知らない歌でも、ちっともめげないで堂々と歌うところが彼女のいいところである。


そんな。

1人頷《うなず》く渚砂の様子《ようす》を——隣《となり》の席からじっと見つめている少女がいた。

あらあら、渚砂ちゃんたら——またあんなに必死になっちゃって。

くすっ……真面目《まじめ》なのね。かーわいい♡

涼水《すずみ》玉青《たまお》15歳。

この春から高校1年生、ミアトル風に言えば4年生になった彼女はすらりと背が高く、ミアトルのシックな制服がよく似合《にあ》っていた。長い髪《かみ》をアップにしてまとめているせいか、頭がとても小さく見え、すっとしたうなじがきれいに見える。顔にかかるように少し残した艶《つや》やかな髪の束《たば》が外から陽射《ひざ》しを受けて蒼《あお》みを帯《お》びて輝《かがや》く。実際の年齢よりもずっと落ち着いて見える彼女は、とても美しい少女だった。

そんな玉青は渚砂を見ているとついつい苛《いじ》めたくなってしまう。

それは渚砂が編入してきたこの春から始まった病気だった。

まったく罪な子が入ってきてくれたモノだわ。せっかく静かな学園生活を楽しんでいたのに、これじゃあまるで私——変態《へんたい》みたいじゃないの。

変態——。

その言葉《ことば》を思いついてしまった玉青はギクリとして、一瞬《いっしゅん》動きを止めた。

い、いやだわ、そんなことないわ、あるわけないじゃない、何を言っているのかしら私ったら——。

あわてて小さく首を振って。

ふう……。

心の中で大きくため息をつく。

そして、そんな自分を励《はげ》ますように何事かを思いつき——含み笑いの笑顔《えがお》をこらえて、いかにも仕方ないというように首をかしげてから——

——とんとんとん。

渚砂の肩を小さくつついてささやいた。

「ねぇ、渚砂《なぎさ》ちゃん、大変！　外に静馬《しずま》お姉様《ねえさま》がいらっしゃってるみたいよ」

「えええええっ!!」

ガタガタガタッ。

椅子《いす》をひっくり返しそうになりながらあわてて渚砂が教室の窓の外を振り返る。

周りの生徒数人が、歌いながら顔をこちらに向けた。

あわてて渚砂は首をすくめる。教壇《きょうだん》のシスターのほうをうかがって——。

しかし。

窓の外には美しく咲き乱れた八重桜《やえざくら》の大木《たいぼく》の梢《こずえ》が見えるばかり。

ぽたり……と重そうな花が一輪《いちりん》落ちた。

気がつけば、ここは2階だ。

もう——っ、玉青《たまお》ちゃんったら!!

渚砂は真っ赤な顔で、玉青に殴《なぐ》りかかるようなポーズをしてみせ、じゃれつくように胸元を軽くたたく。

そんな渚砂の接近を、玉青は内心くすぐったいようなうれしい気持ちで受けながら、でも……顔だけはおおげさなしかめっつらをつくってみせた。

いやーん、やっぱり渚砂ちゃんってかわいい——♡

そのとき。

「失礼いたします」

ガラガラガラ……。

静かに教室の扉《とびら》が開いた。

落ち着いたよく通る声。

ざわっ――ふいに教室の空気が変わる。

渚砂が大きな音をたてても目顔《めがお》で動くだけだった級友たちが一斉《いっせい》に振り向いた。

そこにいたのは――。

とてつもない美女だった。

まるで立っているだけでその背後《はいご》に降る花びらの舞うのが見えるような――。

「し、静馬……せんぱ……」

そう叫《さけ》びかけて、渚砂は。

あのときの静馬の言葉《ことば》を思い出し、言い直した。

「静馬――お姉様っ！」

あれは今から１週間前の出来事だった。

＊

渚砂《なぎさ》の記念すべき編入第1日目のあの日――。

あのとき、桜色の花吹雪《はなふぶき》の舞う中、目の前に白く細い静馬《しずま》の手が差し出されたのを見た渚砂は、その手をどうしていいのかわからなくて。

呆然《ぼうぜん》と佇《たたず》んでしまった。

あれっ……なんで手が出てきたのかな？　も、もしかして手をつなぐの!?　え、で、でも「一緒《いっしょ》に」って――たぶん渚砂を案内してくれるってことで、だけど手をつなぐなんて――小学校とかならわかるけど、でも、あの、渚砂はもう高校1年生だし、いくら渚砂が幼《おさな》いっていったって、小学生には見えないよね!?　あれ……でも、このままだとずっとこのままで――あの、え、えっと――。

混乱《こんらん》した渚砂が、おそるおそる相手の顔を盗み見ると、優《やさ》しく穏《おだ》やかな、でもそれでいて力強い、どこか近寄りがたいような高貴《こうき》な微笑《ほほえ》みを浮かべて、静馬はじっと立っていた。

目の前でおたおたしている渚砂の様子《ようす》などにはまったくかまわないふうで、吹きつける風にも、差し出されたその腕は微動《びどう》だにすることなく、静馬はただただ美しく立っている。

渚砂に向かって優しく手を差し出したまま。

静馬の長い髪《かみ》が風に乗って美しくはためく。

そして渚砂は宙に差し出されたままじっと待っている静馬の手を。

にぎっ。

唐突《とうとつ》に。

なぜかいきなり。

ぶしつけに。

両手で力いっぱい握《にぎ》ってしまった。

ぎゅうううううっ。

緊張《きんちょう》のあまり頬《ほほ》を真っ赤にした渚砂が握ると、渚砂の柔らかい手のひらの感触《かんしょく》が静馬に伝わる——。

静馬はその唐突さとその手の力強い温《ぬく》もりに驚《おどろ》いた。

こんなに素直に強く手を握りしめられたことって——なかったわ。私《わたくし》のかわいい小花《こばな》さんたちはみないつも、まるで壊《こわ》れ物《もの》にでもさわるように、そっとおそるおそる私《わたくし》の手に触《ふ》れていたから——。

一方渚砂は、静馬の手の細くひんやりとした感触を感じながら軽いパニックに襲《おそ》われた。

あれれれ、私ってば、なんでこんな……いきなりこの人の手を握っちゃったんだろう？

手をつなぐのなんて変だなって思ってて、でもこのままだとどうなるんだろうって思って、すごくきれいな人だなって思って、まさか渚砂《なぎさ》と手をつなごうなんて思ってないよねって思って、でもどうしてずーっと黙《だま》ってじっとしてるんだろうって思って、それで、それで、耐えられなくなって——。

——ああ、どうしよう、こんなことしてビックリされちゃったよね、やっぱり?

——ああ、どうしたのかしら、なにかとても……体が熱くなる気がするわ。

そして2人が握《にぎ》り合った手から視線を上げて互いの顔を見たとき。

あ——。

そのとき、2人の体を何か電気のようなものが走ったのだ。

*

「静馬《しずま》お姉様《ねえさま》よ!」

「静馬お姉様だわ……」

「4年生の教室なんかに、いったいどうなさったのかしら?」

教室では。

あちこちで黄色い声がささやく中、静馬はシスターに向かってゆっくりとお辞儀《じぎ》をすると、ニッコリと華やかな笑顔《えがお》で言った。

「ホームルーム中に失礼いたします、シスター。本日の聖水《せいすい》当番をお連れしにまいりました」

その姿に感嘆《かんたん》のため息が広がった。

「あぁ……なんて……なんて完璧《かんぺき》に美しいお辞儀なんでしょう」

「本当に見とれてしまうわ」

「静馬お姉様を見られるなんて、今日《きょう》は最高に幸運な１日ね！」

倒れそうになる乙女《おとめ》たちを見やって、

「あら、ご苦労《くろう》様……相手が花園《はなぞの》さんだなんて――今日のお当番は大変ね？」

シスターは楽しそうに苦笑《にがわら》いをしながら、出席簿のページをめくる。

「今日の聖水お当番は――あら、編入生の蒼井《あおい》さんだわ！」

えええぇっ!?　わ、わたし!?

渚砂は息が止まるほど驚《おどろ》いた。

じゃれ合っていた渚砂と玉青《たまお》の手が空中で止まる。

クラス中の目が渚砂に集まる。

ああ。なんだか視線が痛い気が――。

「では蒼井《あおい》さん、どうぞこちらに……」

静馬《しずま》は落ち着き払った風情《ふぜい》でこちらにゆっくりと歩み寄ってくる。そしてひたと立ち止まると、渚砂《なぎさ》に向かって手を差し出した。

どうぞ、私《わたくし》の手をお取りになって。

強い力を持つ目がそう言っている。

さあ早く。

渚砂がおそるおそるその指先に触《ふ》れると、静馬がたちまちその手をぎゅっと握《にぎ》って彼女を引き寄せた。渚砂の体がバランスを崩《くず》して静馬の腕の中に倒れ込む。

小さな悲鳴《ひめい》が教室の後方《こうほう》で起こった。

そして抱きしめられたその腕の中で――

渚砂は思い出す。

あのときの――

静馬の切れ長な意志の強い大きな瞳《ひとみ》。

そして、静馬の瞳の中に映し出された渚砂のまだ丸くて幼《おさな》い素直な瞳――

＊

1週間前のあのときも同じだった。

桜色の霞《かすみ》に包まれて、2人の視線はぶつかり、視界はお互いの姿でいっぱいになっていた。その瞬間《しゅんかん》から周りの一切《いっさい》の風景は目に入らなくなってしまい、2人の目はいっぱいに見開かれてただ互いの姿を見つめてしまう。相手の表情を何1つ目からこぼさずに見ようとでもするように。まるでスローモーションのスイッチが入ってしまったかのように、2人は声もなく見つめ合い、ただ見つめ合っていたのだ。


そしてあのとき放たれた静馬の言葉《ことば》が、渚砂の耳の奥でよみがえる。

「……あなたは今日《きょう》から私《わたくし》の妹。私《わたくし》のことは静馬お姉様《ねえさま》とお呼びなさい。もし約束を破ったら……」

キリリッ……渚砂の指を静馬が小さく噛《か》んで――。

「お仕置《しお》きよ」

その言葉と同時に静馬の口から離された渚砂の指が濡《ぬ》れて光り――

――春の風が冷たく当たった。

その冷たさをたった今もまたこの指に感じたような気がして——渚砂《なぎさ》はいつしか、思い出に入りこんでいた。するとそのとき。

「私《わたくし》がご案内して差し上げますわ」

静馬《しずま》の冷静な声が教室内に響《ひび》き渡った。

静馬は一瞬《いっしゅん》力を込めて渚砂を抱きしめ、それから満足の微笑《ほほえ》みを漏《も》らすと、そのまま薄紅《うすべに》色《いろ》に頬《ほほ》を染めた渚砂の肩を抱くようにして教室を後にした。

ガラガラガラガラ……。

重い扉《とびら》の閉まる音が響く。

教室内は騒然《そうぜん》とし——。

静馬お姉様《ねえさま》ったら……。

キリリッ。

目の前で渚砂を連れ去られた悔《くや》しさに玉青《たまお》が小さく歯がみをした。

＊

その頃。

「渚砂お姉様は今頃……どうしていらっしゃるのかしら……」

か細いつぶやきが、1人の少女の口から漏れていた。

聖ミアトル女子学園1年花組の教室。

真っ黒な黒髪《くろかみ》を、肩口《かたぐち》までのボブに切りそろえた少女の名は、月館《つきだて》千代《ちよ》12歳。あどけなく気が弱そうに見える彼女も、静馬と同じく幼稚園からこのミアトルに通う生粋《きっすい》のお嬢様だ。

ホームルームが終わり、清掃《せいそう》に入った教室の中で、彼女は1人箒《ほうき》を止めて窓の外の八重《やえ》桜《ざくら》の木を見上げていた。


千代は思い出す。

渚砂と出会ったあの日のことを。

渚砂こそが私のお姉様だと心に決めたあの日のことを……。

それはちょうど1週間前の——今年のいちご舎の開舎の日だった。

今でもありありと目に浮かぶ——。

あの日も桜の花びらが舞っていた。

それもこんなキレイだけれどもどこか安っぽい感じのする八重桜じゃなくて……儚《はかな》い薄い雲のような薄桃色《うすももいろ》のソメイヨシノ。

渚砂お姉様はまるで桜の花の精《せい》みたいにかわいらしく優《やさ》しげだったたっけ……。

思い出してウットリとした千代《ちよ》は。

いつのまにか箒《ほうき》を挟《はさ》んだ足の付け根がなんとなくすぅすぅして。

なぜかモジモジとしてしまった。

明日《あした》はイースター……なぜかはよくわからないけれど、何かステキなことが起こる気がするの——。

そう思ってときめいた千代に。

「ちよまるー！ 図書委員の時間だよー」

廊下《ろうか》から声がかかった。

「はーい、今行きます！」

＊

「きゃー、見て、静馬《しずま》お姉様《ねえさま》よっ！」

「静馬様、ごきげんよう……」

「静馬お姉様、本日もご機嫌麗《きげんうるわ》しく……」

その頃、静馬の周囲では。

紅《あか》い絨毯《じゆうたん》の敷き詰められた廊下の上で歓声《かんせい》が起こり、桃色《ももいろ》に頬《ほほ》を染めた少女たちのお辞儀《じぎ》の輪がうやうやしく賑々《にぎにぎ》しく波紋《はもん》のように広がっていった。

「いいのよ、いいのよ、そんなにかしこまらないで、私《わたくし》のかわいいデイジーさんたち♡」

静馬はそんな少女たちの反応《はんのう》にもまったく動じることなく、まるで王妃《おうひ》がロイヤルスマイルを振りまくように二コ二コと手を振りながら歩く。

それに応じて少女たちの嬌声《きょうせい》は水面にはじける泡のようにますます広がっていく。

渚砂《なぎさ》はそんな静馬の女王様っぷりをみて赤面《せきめん》してしまった。

なんか静馬お姉様って、思ってたよりもすごい人なのかも――。

静馬は満面《まんめん》の笑みでいつものように堂々と廊下を闊歩《かっぽ》しながら、でも隣《となり》を歩いている渚砂がうつむいたのに気がついた。

ぐっと頭を下げて、渚砂の顔を覗《のぞ》き込む。

「あら？　渚砂ちゃんったらどうしたの？」

静馬の長い髪《かみ》がふわりと揺《ゆ》れて、花の香りが立ち上《のぼ》った。

「いえ、なんでもないんです……」

渚砂に向けられた静馬の笑顔《えがお》はハッとするほど美しく、以前にもまして雲の上の女神《めがみ》のように見えて、あわてて渚砂は首を振った。なんか渚砂なんかがこの人の隣に一緒《いっしょ》にいるのってイケナイ気がする――すっかり弱気《よわき》になっている。

そんな渚砂の表情に、静馬はうれしくなってしまった。

自然に顔がにやけてくるのを抑《おさ》えるのに苦労《くろう》する。

「やだ、渚砂《なぎさ》ちゃんたらすねないで♡」
静馬《しずま》は渚砂の顎《あご》に手をかけるとムリヤリに上を向かせて渚砂の目をじっと見つめた。
身長差が10センチ以上あるこの2人。
静馬は渚砂の顔を覗《のぞ》き込むような形になる。
見る間に、渚砂の大きくてまん丸な瞳《ひとみ》が、うるうると潤《うる》んでくる
きれいな、かわいい瞳だわ……。
うるうるうるうる。
忠実なかわいい豆柴《まめしば》のような。
うるうるうるうる。
ああ、なんだかたまらなくなってくるわ——。
静馬の顔が渚砂の顔に吸《す》い寄《よ》せられるように近づいていく。

ちゅ。

つい、静馬は渚砂の額《ひたい》に唇《くちびる》をつけてしまった。
「きゃあああぁ〜!!」
「静馬様が、私の静馬お姉様《ねえさま》が!!」

たちまち周囲から少女たちの悲鳴《ひめい》が起こる。

しまった、やってしまったわ！

ここは公衆《こうしゅう》の面前《めんぜん》、ミアトルの廊下《ろうか》だったんだっけ……。

静馬《しずま》は口の中で小さく舌打《したう》ちをすると、渚砂《なぎさ》の手首をぐいっとつかんで、

「渚砂、行くわよっ！」

一目散《いちもくさん》に走り出した。

は、速い～っ!!

渚砂の周囲から少女たちの悲鳴と怒号《どごう》がみるみるうちに遠ざかっていった。

＊

はあはあはあ……。

校舎の出口まで来たところで静馬は足を止めた。

開かれた扉《とびら》の向こうに裏門へと続く広い青々とした芝生《しばふ》の原が見える。

渚砂はようやく息をついた。

はぁ……静馬お姉様《ねえさま》ってきっとスポーツもすごくできるんだ、渚砂だってそんなに足が遅いほうじゃないのに……こんな長いスカートであれだけ走れるなんて、それも息ひとつ全然乱れてないし――。

そんなことを思いながら渚砂が息を整えていると。

「ようし、どうやらキスのことはごまかせたわね……」

静馬が裏門のほうの人の気配《けはい》をうかがいながら低い声でつぶやいた。

「え、な、何をごまかすんですか⁉」

「あ、ああ、いいのいいの、ほら私《わたくし》のかわいい小花ちゃんたちをちゃんと巻けたってことよ♡」

静馬は渚砂の顔の目の前であわてて手を振った。

「ああ、はい、そうですね、よかったですね♡　スゴイ悲鳴でしたもんねー。渚砂、びっくりしちゃいました！　あ、でも、渚砂知らなかったです、静馬お姉様って足速いんですね～」

にこにこと微笑《ほほえ》む渚砂の顔を見て。

静馬は内心ほくそえむ。

うふふ……やっぱり、単純でかわいいのね、渚砂ちゃんったら。ごまかされたのはあなたのほうなのに……私《わたくし》のかわいい豆柴《まめしば》さん――♡

そこで静馬はおもむろに腰に手を当てて改まって言った。

「ところで渚砂ちゃん、知っていて？　明日《あした》はイースターなの。カトリックで1番おめでたい日よ。だから私《わたくし》たち、みんなのお教室にも聖水《せいすい》を少しずついただくためにこれから御聖堂《おみどう》に行くのよ」

「あ、それで聖水《せいすい》当番！　御聖堂《おみどう》って乙女苑《おとめえん》の中にある……？」

「そう、だからこれから2人でちょっとだけ乙女苑デートね♡　さ、楽しみましょ？」

そう言うと静馬《しずま》は渚砂《なぎさ》の腕を取って、ゆうゆうと手をつないだ。

＊

聖ミアトル女学園。

ここは古く明治期の終わりにつくられた由緒《ゆいしょ》正しい女学校である。

もとはアストラエアの丘と言われていた、この広い丘陵《きゅうりょう》地帯のてっぺんにあった古い修道《しゅうどう》院《いん》を母体《ぼたい》として創設《そうせつ》された。

当時は、経済的に恵まれた環境《かんきょう》にある家の娘たちしか高等教育を受けることはかなわなかったが、ミアトルはその中でも、最も上流といわれる家庭の子女《しじょ》だけが集まる学校だった。

幼稚園から高等女学校までの一貫《いっかん》教育。

その間、この修道院《しゅうどういん》の広大な敷地内《しきちない》で、完全なる男子禁制《きんせい》の環境の下で行われるカトリックの外国人シスターによる進歩的な教育と、厳格《げんかく》な躾《しつけ》とが、もともと選択肢《せんたくし》の幅の少なかった女子高等教育の中で、それを必要としていた当時の華族《かぞく》と一部の大金持ちの間に、大変な人気を呼んだのである。

この人気はもちろん学校のステータスを上げ、次第に増えていった新興富豪《しんこうふごう》たちの間にも広がっていった。娘を聖ミアトル女学園に通わせることこそが成功の証《あかし》。あまりの人気に定員を大幅に上回る入学希望者が相次ぎ、後年《こうねん》、その受け皿として隣接地《りんせつち》に聖スピカ女学院が、さらにそのあとに聖ル・リム女学校が、姉妹校《しまいこう》として創設されることになったほどである。

厳格な躾と校則、典型的《てんけいてき》な守旧型《しゅきゅうがた》の上流教育を伝え続け、在学中の婚約率が実に50％を超えるというミアトルに対し、スピカは革新的で自主独立の気風《きふう》に富んだ社会に進出する女性像を掲げ、ル・リムは女性の幸せを追求する現代型良妻賢母《りょうさいけんぼ》の育成を目指す、とそれぞれに校風は異なるけれども、またその幅の広さが多彩な志願者を集め、アストラエアの丘の3校は、今やこの地方で1番の人気校なのである。

3校は丘の麓《ふもと》を入り口に、真ん中にミアトル、左翼《さよく》にスピカ、右翼《うよく》にル・リムという形で並んで建てられている。それぞれに校庭も体育館も中庭もあり、校門も別々、隣接する姉妹校といっても基本的な施設は別で、各校独自《どくじ》に機能《きのう》することができる。

共有しているものは、3校合同行事が行われる大講堂や大シアターなどの共用施設が集められた施設棟、共通の母体《ぼたい》である修道院とその御聖堂――これらは3校の裏の敷地を横断《おうだん》する形で広がる広大な乙女苑《おとめえん》という庭園の中にあり、庭園の中央、丘の頂上《ちょうじょう》付近にランドマークとなる小さな湖とそのほとりに大きな聖堂が建っている。

そしてもう1つ、3校共用の施設がある。

それは乙女苑の1番はずれ、学校から1番離れた場所に小さく食い込むように密《ひそ》やかに造られている三角形の建物、通称・いちご舎である。

いちご舎はアストラエア3校に通う生徒のための寄宿舎《きしゅくしゃ》だ。

名門であるこの学校に入学を希望する生徒たちは数多く、中には遠方《えんぽう》の生徒たちもいる。本来は自宅から通うのが困難《こんなん》なそんな生徒たちのための寄宿舎なのだが、実は以前にはそれよりも、もっと主流であった目的があった。それは今となっては1番歴史の古いミアトルにおいてですら少数派となってしまった使用目的であるのだが、それは——そう隔離《かくり》と躾のための入舎である。

旧華族《かぞく》を主とした、本当に厳格《げんかく》な家庭の子女《しじょ》たちの多くは、教育のためと称して仮に通学可能な範囲に自宅があったとしても、いちご舎に入舎させられる。ここで一通りの生活を自分でコントロールする力を身につけると共に、世間《せけん》の悪い風から、希少《きしょう》な純粋種《じゅんすいしゅ》である彼女たちを守るために。

女子高等学校が花嫁修業《しゅぎょう》の一環《いっかん》であった頃の名残《なごり》といえるだろうか。いちご舎に入舎した乙女《おとめ》たちは、いちご舎から乙女苑《えん》の中の道を通って学校に通《かよ》い、学校が終わるとまた地続きの乙女苑を抜けていちご舎に帰る。そこに外界《がいかい》との接触《せっしょく》の余地《よち》は一切《いっさい》ないのである。

だから彼女たちは学園の中でだけ生きている。学園の中の清らかな乙女だけの世界の中で。

学業もスポーツも友情も恋も。

清らかな精神の絆《きずな》も熱い肉体のうずきも。

何もかもがすべて、ただ乙女たちの中だけに在る。

＊

「じゃあ、御聖堂《おみどう》まではけっこう歩くんですねー！」

青々と輝《かがや》く芝生《しばふ》の上を、渚砂《なぎさ》は元気に大きく手を振りながら歩く。

そんな渚砂を見ていると静馬《しずま》はつい自然に頬《ほほ》が緩《ゆる》んでくるのを感じる。

「そうよ、ミアトルの敷地《しきち》もそうだけど、乙女苑ってムダに広いのよね。……あら？　渚砂は御聖堂に行くのは初めて？　たしか始業式の日に御ミサがあったはずだけれど――」

「あ、あのときは修道院《しゅうどういん》のほうでまだ編入の手続きがあって、そこからシスターの案内で来たので校舎から行くのは初めてなんです」

向き直った渚砂の顔は眩《まぶ》しい春の陽の光に晒《さら》されてふっくらと実《みの》った新鮮な白い桃《もも》のように輝《かがや》いていた。

なんて柔らかそうな……思わず手が出そうになるのを静馬はこらえる。

「ああ……じゃあ渚砂は初めてのときは本当の正門を通ってきたのね」

「え？　本当の正門って――」

渚砂は自分で気づかないうちにまたもや何か失敗をしてしまったのかと、びくっとして立ち止まる。

その渚砂《なぎさ》の怯《おび》えた表情を見ると、静馬《しずま》の胸の内に何かざわざわするものがこみ上げてきて

……静馬は彼女の体のほうに向かって手を伸ばした。

「渚砂はまだ知らないのね。このアストラエアの丘にミアトルがまだできる前のことよ。その頃、この丘には修道院《しゅうどういん》と御聖堂《おみどう》だけがあって、その本当の入り口は今の聖ミアトルの門から見るとアストラエアの丘全体を挟《はさ》んでちょうど――真裏《まうら》の位置にあったの。ほら、見えるかしら、乙女苑《おとめえん》の大門《おおもん》……」

「あっ」

静馬の手が急に動いて渚砂の制服の胸元をかすめた。

ふわりと濃緑《のうりよくしよく》色のタイが揺《ゆ》れる。

「あれが、この丘の上に立つ建物群全体の本当の正門、清らかな乙女だけが住まうこの聖域《せいいき》を支配する正しく聖なる門なのよ……」

渚砂は一瞬《いっしゅん》緊張《きんちょう》したけれど、静馬の手は遠く高く。青い空の下に見えている小高《こだか》い丘の切れ端を指さしていた。

渚砂は少し薄赤くなりながら、その手の示す先を見る。

切れ切れに見える丘の向こうには門らしきものの姿はなかったけれど、とても遠くにあるらしい巨大な樹《き》とその影によく目をこらすと、ほんの小さく銅色《どういろ》の巨大な門の角《かど》らしきものが見

えた。渚砂はそれを見ながら、歴史あるというこの学園が立つ丘の大きな正門のことを思うと、何か恐ろしいような。

そして空の向こうを指さす静馬の姿が例えようもなく美しいような——そんな気がして。

少し感動してしまった。

その隙《すき》に静馬は渚砂の背後《はいご》に回る。

「だから、あそこから御聖堂までの道が旧参道と呼ばれているの——」

真《ま》っ青《さお》な空の向こうにあるはずの何かに見惚《みほ》れている渚砂の様子《ようす》をうかがいながら。

「——今では誰も使わない表参道——エトワールの戴冠式《たいかんしき》にだけ無数《むすう》の美しい花々で埋《う》まるあの場所。ああ、思い返すとうっとりするわ。……このアストラエアには本当に数多くの行事《ぎょうじ》があるんだけれど——」

そのまま静馬は渚砂の体に触《ふ》れないように大きく慎重《しんちょう》に腕を広げた。

「ねぇ、渚砂。このアストラエアの最大にして最高の——最も偉大《いだい》なイベントを知っていて？　それはこの3校の代表カップルを決めるエトワール選よ。そしてあそこは聖なるエトワールとその妹《カデット》だけに許《ゆる》された聖なる場所なの——」

言いながら、まだ丘の向こうに意識を飛ばしている渚砂の無邪気《むじゃき》な横顔をうかがう。

邪《よこしま》な静馬の動きにはまるで気づかずにかすかに紅潮《こうちょう》した白い頬《ほほ》を——

「――そう、だから本来は乙女苑《おとめえん》こそがアストラエアの本体、ミアトルとスピカとル・リムはその裏庭に当たるとも言えるわね」

――思わず食べたくなる。

そして静馬《しずま》は腕の輪を狭《せば》めて――。

「渚砂はエトワールなどには興味《きょうみ》ないの？　数ある試練《しれん》を勝ち抜いて選ばれる、神の御前《みまえ》にも祝福された全学一の最高のカップル――エトワールを目当てにこの学園に来たがる他校生も多いのよ……」

〝ぎゅうっ〟

〝つーかまーえたっ♡〟

ついに静馬がそう言おうとしたとき。

「あああああっ!!」

渚砂が叫《さけ》んで静馬の腕の輪にまるで気づかず、2、3歩駆《か》け出した。

わたわたと大きく手を振ってあわてている。

「あーっ、あ、あ、あーっ！　お城があるー！」

振り返った渚砂の口はあんまりにも大きく開いていたので、大きなおにぎりを詰めてみたらよく似合《にあ》いそうだと静馬は思った。

「ああ……うふふ♡　秘密《ひみつ》の花園《はなぞの》ね」

静馬はほんの一瞬《いっしゅん》だけあっけにとられたけれど。

渚砂の指さした建物を見てまた意味ありげに笑った。

＊

カタン。


図書館メインホールのひんやりと静寂《せいじゃく》の広がる巨大な空間に――

椅子《いす》の脚《あし》が小さく音をたてる。

閲覧用《えつらんよう》の大きなテーブルから、椅子を引いて真っ白い制服を着た1人の女生徒が立ち上がった。大きな襟《えり》のダブルのジャケットは丈の短いハイウエストで、それによく合っているスカートはタイトなミニ――どことなくマリンテイストの感じられる聖スピカ女学院の制服である。

静かに張りつめた空気の中で、周囲に座っている生徒たちの注意が、その背の高い女生徒の一挙手一投足《いっきょしゅいっとうそく》に集中しているのがわかった。

不自然にテーブルの上に立てられた本の陰《かげ》からそうっと覗《のぞ》く目。

気になってその1つをじっと見返すと、その目はひゅっと本の陰に隠《かく》れ、硬《かた》い表紙を持つ手が揺《ゆ》れて机に当たりカタカタと音をたて始めた。

ここでもか――。

女生徒は内心小さなため息をつきながらも、それまで見ていた本を手にして席を離れた。貸し出しカウンターへ向かう。

「ありがとう、これ、もとへ戻しておいてくれる？」

カウンターには小さなおかっぱ頭のミアトル生がいた。

「はい。申し訳ありませんでした、禁帯出《きんたいしゅつ》でお貸し出しできなくて……」

腕に図書委員の腕章《わんしょう》をしている1年生らしきその少女は、今にも泣きそうな潤《うる》んだ目をしている。

私なんかにあんまり緊張《きんちょう》しないでほしい——。

その背の高い女生徒、鳳《おおとり》天音《あまね》は心の底からそう思う。

「大丈夫、ここで見るだけで用は足りたから」

「そうですか？　それならよかったです。アストラエア名鑑《めいかん》はどれもとっても厚くて重いですし、このミアトル名鑑は特に生徒の写真がいっぱい載《の》っているので、持ち出し禁止になっているんです……」

少女は申し訳なさそうに肩をすぼめた。

「そうなんだ。こんな本に用がある人なんてほとんどいないと思っていたから意外だったよ。プライヴァシー保護のためってことなのかな」

「それもありますけど……ほら、ここなんて、見てください！」

図書委員の少女が開いてみせたページには、全面に引き伸ばされた一葉《いちよう》の大きな写真が載《の》っていた。

頭に大きな宝冠《ほうかん》をかぶって手には錫《しゃく》を持ち、まるで王のように堂々と立つ背の高い大人《おとな》びた美しい立ち姿の少女と、そのわきに寄り添うように立つ小さなティアラをつけた線の細い、淡い栗色の髪《かみ》の優しげな微笑を浮かべた少女の姿――。2人とも聖ミアトル女学園の制服を着ている。

その見開きには強い折グセが付いていて、少女がページを繰《く》るまでもなく本は自然にぱたりと開いた。

天音はギクリとする。

先刻《さっき》まで私が見ていたところ――。

「昨年のエトワール選のお写真です。このときは久々の大型ミアトルカップルの誕生っていうことで学園中がとても沸《わ》いて……このお写真を学校中のみんながコピーしようと詰めかけて大変な騒《さわ》ぎになったそうなんです」

少女は声をひそめる。

「それで中にはコッソリ破り取ろうとする人もいたりして……」

「……」

天音の沈黙《ちんもく》に少女はあわてて笑顔をつくった。

いけない、こんなこと言って、ミアトルのことふしだらな学校だと思われたりしたらどうしよう――。

「あの、それに、他にも素敵《すてき》なお姉様方《ねえさまがた》の写真がいっぱい載《の》っていますから――だからきっとご本が行方不明《ゆくえふめい》にならないためにっていう意味もあるんだと思います」

「……そうだね」

少し言葉《ことば》を詰まらせた天音《あまね》を見て、図書委員の少女は少し心配そうな顔をした。

「あの、本当に……大丈夫でしたか?」

「ああ……うん。本当に大丈夫。きみの言うとおり、私にもちょっと見たい写真があっただけだから。ウチの図書室と違って――静かで落ち着いて見られたよ」

天音はあわててほろ苦い笑顔《えがお》をつくると、自校の図書室に行ったときの周囲のざわめきを思い出し、幾ばくかの自嘲《じちょう》の気持ちを込めてそう言った。

「そうですか!?　最近はスピカやル・リムの方にもよく利用していただけてるんです。他校の方にそう言ってもらえるなんてとってもうれしい……あの、よろしかったらぜひまたご利用にいらしてください。私もここ、本を読むのにはとっても素敵で落ち着ける場所だと思うんです!　今度は私のとっておきの場所――お教えさせてください!」

少女は実ににこやかに晴れやかに、まったく他意《たい》を持たない様子《ようす》で微笑《ほほえ》んだ。

意外に芯《しん》の強そうな屈託《くったく》のない微笑みに天音は少しだけあっけにとられ。

思わず笑ってしまった。

スピカやル・リムの生徒がよく来るっていうのは――この〝秘密《ひみつ》の花園《はなぞの》〟のご高名《こうめい》が浸透《しんとう》してきただけじゃないかと思うけれど――まあいいか。

「あはは。ありがとう――きみは本当にこの図書館が好きなんだね」

「はい。なんだかここに来ると気持ちがゆっくりして……毎日小さなコトでもがんばって幸せって、前向きな気持ちになれるんです！」

カウンター越しに少女の前にかがみ込む。

「きみ、名前はなんて言うの？」

天音の顔が少女の顔を覗《のぞ》き込むように近づく。

「あの、月館千代《つきだてちよ》と言います。みなさんにこの図書館を心地よく利用していただけたらうれしいです」

少女ははにかみながら、でもこの重厚《じゅうこう》な図書館の守り手であることに誇《ほこ》りを持っているらしい笑顔を見せ、改めて名乗《なの》った。

「そう、かわいい名前だね。私は鳳《おおとり》……」

すると少女は口の中で小さく笑った。

「知っています」

「？」

「聖スピカ女学院5年トロワ組の鳳《おおとり》天音《あまね》様……ですよね？　とっても有名な方ですもの、存じ上げています。私《わたくし》、お目にかかれて光栄です」

千代《ちよ》はどこまでも屈託《くったく》なく天音に対していた。

知っていたのか――。

しかし天音はそんな千代の様子《ようす》を見て、こんな子もいるのだなと少しほっとした気分になった。

そうだ……他の学校に来れば、こんなことも――増えるのかもしれない。

今年ぐらいは観念《かんねん》してがんばってみようかと思った。

「また来させてもらうよ。そのときはもっと楽しい本を読みながら、一緒《いっしょ》に昼寝でもできるといいね。――じゃあ、図書委員の仕事がんばって」

後《うし》ろ手《で》に手を振ってカウンターを後にした。

ガタガタガタッ。

2人の会話をうかがっていたらしい何人かの生徒が立ち上がってカウンターに殺到《さっとう》する音がした。

＊

そこは、城ではなく図書館だった。

まだここには入ったことがないという渚砂《なぎさ》のためにちょっとだけ寄り道して案内してあげると言った静馬《しずま》は、やはり意味ありげに笑った。

小さな白い花が咲《さ》き乱《みだ》れる中に、白い石の壁《かべ》のそそり立つ、古い城のような外観《がいかん》の建物。

近づいてみると建物の正面《しょうめん》ファサードには3階分はありそうな背の高い大きな木の扉《とびら》が構えられている。渚砂はこんな大きな仰々《ぎょうぎょう》しい扉は学校の行事で美術館に行ったときくらいしか見たことがない。2人がかりでもやっと片方しか開《あ》けられないような、その重くどっしりとした扉をそっとくぐり抜けると、そこには巨大な柱が何本も立つ高い天井《てんじょう》――教室と同じくらいの広さを持つ広いエントランスホールが広がっていた。

カツーン。

渚砂が一歩を踏み出すと、白と黒の大きな市松模様《いちまつもよう》を描いている石の床《ゆか》が高い音を響《ひび》かせる。

ひんやりとした空気が肌に触《ふ》れ、まるで誰もいないかのような静けさ。光あふれる乙女《おとめ》の庭から一歩入るとそこはまるで別の世界で――渚砂は思わず高いドーム形の天井を見上げ、そこに百合《ゆり》の花をモチーフにしたらしい美しい幾何学《きかがく》模様のステンドグラスが嵌《はま》っているのを見て思わず、はぁ～っと――。

口を開《あ》けてしまった。

なんだか渚砂、これまでにいた世界とは違う世界に来ちゃったみたい……。

ミアトルに入学して以来、いつもずっとどこかで感じていた覚《おぼ》えのあるトリップ感が渚砂《なぎさ》を襲《おそ》った。

「どうしたの？　渚砂ちゃんったら、お口がだらしなく開《ひら》いていてよ？」

すると、ぽかんとしていた渚砂に静馬《しずま》が追いついて笑った。

「あ、やだ、ご、ごめんなさい……」

「いやだわ、謝《あやま》ることなんてないのに……」

静馬は渚砂の口元に手を伸ばして小さくよだれを拭《ぬぐ》うような仕草《しぐさ》をする。

「あれっ、やだ、渚砂ったらよだれが!?」

あわてる渚砂に大笑いしながら静馬は奥へと彼女を誘《さそ》った。

カツンカツンカツンカツン。

あわてる渚砂の一歩ごとに床《ゆか》が律儀《りちぎ》に華やかな音をたてる。

「待ってください〜」

静馬を追って渚砂はその先の聖域《せいいき》、メインホールへと足を踏み入れた。

天井《てんじょう》からの光あふれるエントランスに比べて、黒光りする木と石の細かなモザイク床《ゆか》と、高い壁《かべ》のそそり立つ館内は薄暗く――しんとしていた。

どうやって電球を換えるんだろうと思わず悩んでしまいそうな壁の高い位置に数少ないランプ風の照明があるだけの、その人気《ひとけ》のない空間に驚《おどろ》いた渚砂が、それでもよく気をつけて奥を見てみると、ホールの一番奥には貸し出しカウンターらしきものがあり、オレンジ色の花の形をしたランプに照《て》らされて、人影《ひとかげ》がちらちらと見えた。

また、人の姿こそ見えないけれど、周囲のそこここでほんの少しの衣擦《きぬず》れの音がするのが聞こえている。

……すっごくしーんとしてるから全然人がいないのかと思ったけど、けっこう利用者がいるのかな？

それにしても――こんなにひんやりと静かなムードのはずなのに……なんでかな。

静かな熱気が――満ちているような気がする。

静かにじりじりと音もなく燃えるろうそくの炎《ほのお》のように。

そのとき静馬が近づいて小声で言った。

「ここね、秘密《ひみつ》の花園《はなぞの》って呼ばれているのよ。静かで――暗くて密《ひそ》やかで、でもそれでいて熱い――うふふ、なんとなく秘密めいた雰囲気《ふんいき》がするでしょう？　そうそう、ここはね、実は出るっていう噂《うわさ》もあるのよ」

「出るって何がですか？」

「それは――そうね、渚砂ちゃんのたぶん大嫌いなものよ」

「私の大嫌いなものって、なんだろう……？」

「それはね……〝ば〟と〝け〟と〝お〟のつくもの」

「ばけお……あ、おばけ!!」

思わず大声で渚砂《なぎさ》が叫《さけ》ぶと。

「しっ! だめよそんな大きな声を出しては。図書館なんだから……」

あわてて静馬《しずま》に口をふさがれた。でも、そのわりに静馬はなぜかとても楽しそうだ。

でもこんなに素敵《すてき》な図書館にお化けが出るなんて――。

渚砂は少しだけへこんだ。やはりお化けは苦手《にがて》なのだ。

「ね、ほら、見て……」

すると、耳の近くで静馬がささやいた。

「素敵にかわいいお化けちゃんたちがいてよ♡」

静馬に促《うなが》されて渚砂が視線を移したその先には――

2メートル以上ありそうな高い可動式書架《かどうしきしょか》がそびえていた。

その向こうに隙間《すきま》からチラチラと動く人影が見える。

＊

「……大丈夫よ、ここからなら見つかったりしないから」

低い声が聞こえてくる。

「でも……」

「あなただって決心してきたんでしょう？」

「うん……あっ、でも……」

心細《こころぼそ》そうな声。

「私に任せて……あなたは何も考えなくていいの……」

「……やっぱり、私……」

「しっ。言わないで。言わなくてもあなたの望みはわかっているわ。本当にあの方なのかどうかを、確認したいのよね？」

「……」

書架の隙間から白い制服の腕が何かを追い求め、抱きしめようとするかのように、動くのが見えた。

真《ま》っ直《す》ぐな長い髪《かみ》がさらさらと制服にかかる。

その髪から、書架を挟《はさ》んだこっちにまで甘くてスパイシーな麝香《じゃこう》の香りが漂《ただよ》ってきた。

「私の大好きな光莉《ひかり》ちゃん……大丈夫。間違いなくあの方は今ここにいるわ。でもね……その前にお願いが――」

引き寄せられたもう1人の少女の体が、ふんわりとその腕に抱きしめられている。

「私の気持ちもわかってほしいの……少しだけ……」

「あっ……や、夜々《やや》ちゃん――!?」

「しっ、黙《だま》って……」

「あっ、ああああっ……」

さらにさらにぎゅうっと抱きしめられた腕の強さで体が曲がり、抱きしめられた少女のスカートがずり上がった。短くタイトな制服のスカートは白いスピカの物。

いまや下着が見えそうなほどにずり上がったスカートの裾《すそ》から覗《のぞ》く真っ白い太腿《ふともも》に、もう1人の少女が手を這《は》わせる。

「あ――」

動揺《どうよう》した少女の声が聞こえる。

そして太腿《ふともも》を撫でていた手はスカートの奥へと消えた。

「ああっ……」

ひときわ大きな少女の声を残して――

＊

「これ以上は渚砂《なぎさ》ちゃんには目の毒だから……ね」

肝心《かんじん》なところで静馬《しずま》は渚砂の顔をぐいっと自分のほうに向けた。

渚砂はもっと続きを見たかったような、でもやっぱり見なくてよかったような気持ちでくらくらした。

なにこれ、なにこれ、なにこれ――――っ⁉

目で訴《うった》える渚砂に静馬は小声《こごえ》で解説してくれた。


ここにある噂《うわさ》と使用法を。

実は今ここは、無人《むじん》のように見えてあちこちの本棚の陰《かげ》に、人知れず逢瀬《おうせ》を楽しむカップルがいるのだという。

乙女《おとめ》たちの聖なるささやかな逢瀬――静馬はそう言った。

図書館という場所柄、静かで訪れる人も限られるここは、邪魔《じゃま》も入りにくく、いつの頃からかお互いに慕《した》い合う乙女たちの逢《あ》い引《び》きの場に使用されることが多くなったのだという。そのために誰からともなく「秘密《ひみつ》の花園《はなぞの》」という陰の呼び名で呼ばれるようになった――ただ、逢瀬と言っても普通は別にそんなに大したことをするわけではないらしい。ただしそれは、静馬に言わせると、だけれど。

ここでは、本棚の陰に隠《かく》れて顔の前に一緒《いっしょ》に広げた本を、２人で覗き込むフリをしながらこっそりと頬《ほほ》を寄せ合う……というやり方が愛を確かめる方法として定番《ていばん》らしい。少女たちにできることはしょせんはそのくらい。ただ、そんなささやかなことだって、この図書館の厳《おごそ》かで密《ひそ》やかな美しい空気に後押しされない限り、なかなか試《ため》してみることはできないのだけれど。

普通の少女たちにとっては――。

だからここに来ると、そんな未来を予想しつつ上級生に誘《さそ》われて、逡巡《しゅんじゅん》しながらついて行くいたいけな下級生のドキドキ顔が見られて、とってもいい見物《みもの》になるのだと静馬《しずま》は言った。

「でも、たまにはあんなふうに素敵《すてき》に激しい子たちもいて――うふふ――そんなときはすごく――得した気分になるわね。想い合う2人ですもの、もっともっと……触れ合いたくなるのは当然のことよね、渚砂《なぎさ》ちゃん」

悪趣味《あくしゅみ》だ。

渚砂は思った。

あ、逢《あ》い引《び》きってそーゆーことなの⁉

あれって、あれって……あの後って、もしかして……。

渚砂はなんだか胸がドキドキしてきた。

思いに反していつのまにか体が熱くなってきている。

「うふふ、最近はスピカの子たちも使うようになってきたのね。でも、あんなところでしちゃうのはまだまだ初心者《しょしんしゃ》なのよ。この先にはもっと素敵な、あんなことやこんなことをできる死角《しかく》も……」

アレで初心者⁉　驚《おどろ》いていつの間にか、渚砂は口が開《ひら》きっぱなしになっていた。そして……

あれ？　静馬《しずま》の手が気づかないうちに渚砂の口から離れている。

いつの間にか、渚砂は静馬に抱きかかえられるような格好《かっこう》になっていた。

——ドキリと渚砂の心臓が跳《は》ね上がった。

背中に冷や汗が流れてくる。

先刻《さっき》の2人の姿を思い出す。

きつく抱きじわの寄った真っ白な制服。

ずり上がったスカート。

その中に差し入れられた腕。

偶然《ぐうぜん》、偶然こんな格好になっただけだよ、きっと——先刻渚砂が大声だしちゃったから。それを押さえようって思って——と、必死で自分に言い聞かせる。

それでも。

渚砂は、もしかしてあちこちでそんなことやあんなことをしてる乙女《おとめ》たちがいるのかと思ったら、なんだかいたたまれなくなってきた。

「静馬お姉様《ねえさま》……あの、そういうことだったら、渚砂たちお邪魔《じゃま》だと思うのでもうそろそろ外に出たほうがいいんじゃないかと——」

もぞもぞと静馬の腕の中から抜け出ようとする。

そんな渚砂のアクションを予想していたかのように。

つつつ――。

静馬《しずま》は渚砂《なぎさ》の首筋に優《やさ》しくそっと手をそわせると優しく耳元でささやいた。

静馬の吐息《といき》が頬《ほほ》にかかる。

「あら、いやだわ、渚砂ったら。渚砂がここに来たいって私《わたくし》を誘《さそ》ったのよ？」

ぞくぞくぞくぞく。

とびきり色っぽい静馬の声は薔薇《バラ》の香りがした。

渚砂の頭の中がピンク色に染まりかかる。

「そのつもりで――来たんでしょ？　うれしいわ渚砂……大丈夫よ、私《わたくし》に任せて――とびきり優しくしてあげるから……」

静馬の手が、首筋から這《は》うようにじわじわと胸のほうへと下りてくる。

ええええっ!?　これってこれってもしかして……いやそんなはずは……だって私たち女の子同士だし！

渚砂の胸元のリボンタイが揺《ゆ》れた。

あ、あああっ、これってやっぱり……。

「ややややっぱり、私、で、出ます！　ト、トイレに行きたくなっちゃって……」

胸元に静馬の指の感触《かんしょく》を感じた――と思ったとき、渚砂はたまらず目をつぶって静馬を突き飛ばし、ホールから駆《か》け出していた。

＊

「どうして――」

取り残された静馬《しずま》は呆然《ぼうぜん》とした。

「こんなことって、初めてだわ……」

先刻《さっき》、静馬の腕の中で渚砂《なぎさ》の頭の中にピンク色の霧《きり》がかかったことも静馬はお見通しだった。

これはいける。

静馬はそう思っていた。

いつもは――。

ここまで来たら後は一気《いっき》に――落とせたものだった。

「ここまで来て――私《わたくし》の腕をすり抜けた女の子なんていなかったわ」

トイレに行きたいだなんて――。

ふふ。

ムードのない子。

「でもいいわ……私《わたくし》、ますますあなたのことが気に入ってよ、渚砂……」

私《わたくし》のことを拒《きょ》否《ひ》できるあなたが――。

静馬はとても楽しそうに笑うと、静かに渚砂を追って歩き始めた。

＊

もう、静馬お姉様《ねえさま》ったら静馬お姉様ったら静馬お姉様ったら!!

渚砂は顔を上げられずに床《ゆか》をにらみつけながら、ずんずんとエントランスへ向かって歩いていった。恥ずかしくてどんな顔をしていいかわからない。行きがかり上《じょう》とはいえ、静馬お姉様を突き飛ばしてしまったし——ああ、お姉様、怒ったんじゃないだろうか——親切に聖水《せいすい》当番でいろいろ教えてくださっていたのに——そうだよ、もしかしてそんな気なんて全然なかったのに渚砂が勝手にカンチガイしたんだとしたら？　ボタンのすき間から服の下の素肌に指がさわった気がしたのも渚砂の気のせいかもしれないし——そうだよね、この制服ってすごくカッチリしてるから、そんなに簡単《かんたん》に開けられるわけないよ、きっと——。

そう思いながらやっぱり前も見ずにずんずんと進む。

バシンっ。

そこで誰かにぶつかった。

「あっ、ご、ごめんなさい！」

あわてて顔を上げると。

そこにいたのは図書委員の1年生、月館《つきだて》千代《ちよ》だった。

「渚砂《なぎさ》お姉様《ねえさま》！」

「千代ちゃん！」

どさどさどさっ。

力の抜けた腕からかかえられていた本が床《ゆか》に撒《ま》かれる。

千代は地味《じみ》な委員だし、他に得意なこともないからなっただけの図書委員。

結果的にこの美しい図書館と地道《じみち》な作業が気に入って、幸せに働いてはいるけれど、これまで特に図書委員であることですごく得をしたというようなことはなかった――でも、ああ、今回だけは感激♡　図書館で渚砂お姉様に偶然《ぐうぜん》お会いできるなんて！

千代は幸運に胸がはち切れそうになった。

先刻《さっき》はスピカの輝《かがや》く白い王子、プリンス鳳《おおとり》天音《あまね》様にお会いしたし、その上今度は渚砂お姉様まで！

昨日《きのう》までの自分がどんな良いことをしたのかと千代はあわただしく頭をめぐらせた。

「渚砂お姉様！　何かご本を探しにいらっしゃったのですか？　千代、図書委員なんです！お会いできてとてもうれしい――ぜひお手伝いさせてくださ……」

しかし、その喜びはつかの間だった。


カツカツカツカツ。

渚砂の後方《こうほう》から本来なら図書館にはあり得ないはずの、人が走る音がする。

渚砂と共にはっと振り向くと、長い髪《かみ》を揺《ゆ》らして走ってくる1人の少女——それは。

「し、静馬《しずま》お姉様!?」

千代は我が目を疑《うたが》った。

そんな千代の様子《ようす》には目もくれずに静馬は千代の横を通り過ぎると——。

「渚砂ちゃんたらこんなところにいたのね——」

いきなり渚砂を抱きしめた。

「捕《つか》まえた——今度は逃がさないんだからっ♡」

渚砂はなすすべもなくただ硬直《こうちょく》してしまい——。


そして——。

そんな2人の様子を目にした千代は、大きな衝撃《しょうげき》を受けて——たちまち。

千代の人形のように大きな澄んだ目に、熱い涙がじわじわと湧《わ》き出てきた。

ぽろり……ぽろりぽろりぽろり。

みるみるうちに玉のような涙が後から後から湧き出てくる。

なんでだろう……千代ったらなんでこんなに涙が出てくるんだろう……こんな、こんな顔したら渚砂お姉様ビックリするよ——ばかばかばか、千代ったら、泣いたりしちゃダメだよ！

でも、でもでもでもでも――。

うわぁ～～ん!!

渚砂《なぎさ》お姉様《ねえさま》はもう――もう、静馬《しずま》お姉様のお気に入りなんだ――

千代《ちよ》は泣きながら無言《むごん》で駆けていってしまった。

……いったい何が起こったの？

呆然《ぼうぜん》として動けない渚砂。

静馬は遠ざかる千代の後ろ姿と、そんな渚砂の様子《ようす》に少しだけ罪悪感《ざいあくかん》を覚《おぼ》えたらしい。珍しくばつの悪そうな顔をしながら言った。

「図書館は見たから――今度はルルドの泉でも行きましょうか？　御聖堂《おみどう》までの道の途中《とちゅう》にあるの。奇跡《きせき》の起こる不思議《ふしぎ》な泉――渚砂ちゃんと私《わたくし》の間にも何かが起こるかもしれなくてよ」

＊

千代は走って走って、いつしか渚砂の教室の前の廊下《ろうか》に立っていた。

そこから渚砂をこっそり覗《のぞ》き見ている最近の千代の定番《ていばん》の位置。

初めて渚砂に会った思い出の……記念の聖地《せいち》。

あのときも千代はやっぱり泣いていた。

渚砂お姉様にはすっかり泣き虫だって思われてるかもしれないな。

泣き濡《ぬ》れた頬《ほほ》を光らせて千代は思う。

あのときも千代はとても困っていた。

廊下の真ん中に小さな白い蝶《ちょう》が落ちていて。

それを見つけた千代はすっかり足がすくんで動けなくなってしまっていた。

職員室に用があってどうしてもここを通っていかなければならないのに……。

草花が大好きで園芸部に所属している千代は、女の子としては虫が得意なほうだ。特にきれいな蝶やかわいいテントウムシなどにはさわることさえできる。

でもそんな千代も死んだ虫だけは……恐《おそ》ろしくて近寄ることができない。

先刻《さっき》まで生きて元気にひらひらと飛んでいたものが、今はこうして命をなくして抜《ぬ》け殻《がら》となって止まっている。そのことを思うと何かとても暗くて恐ろしいものに引きずり込まれるような感じがして——怖《こわ》いのだ。

廊下の真ん中にとても美しい白い蝶がいて——あっと思った瞬間《しゅんかん》、でもその蝶が完全に静止していることに気づいて、そのとき千代は凍《こお》っていた。


「かわいそう——こんなところで……」

そこに聞こえてきた声の主《ぬし》は、今まで学園では見たことのない顔だった。

彼女は蝶《ちょう》を見つけると、歩み寄《よ》り、そっと蝶をつまみ上げ、手のひらにのせた。
さも愛《いと》おしそうに。優《やさ》しい女神《めがみ》の笑顔《えがお》で。
そして少女は手のひらに向かってそうっと息を吹きかけた。
すると、ふわふわ……と。
息に合わせて蝶の羽が揺《ゆ》れて。
蝶は最後の秘蹟《ひせき》を与えられたかのように一瞬《いっしゅん》の温《ぬく》もりを得たように、千代《ちよ》には思えた。
お別れをしてあげてるんだわ——なんて優しい……。
千代が近寄ることすらできない恐ろしいものに、彼女は愛を与えていた。
そして少女は廊下《ろうか》の窓から蝶を放《はな》った。
「いい子だから……お家《うち》にお帰り！」
そう言いながら。
もう死んでいるのに……。
千代はその上級生が、まだ蝶が生きていると誤解《ごかい》をしているのだと思った。
でも、このまま冷たい廊下に置くよりは、まだ土に還《かえ》れるほうがいいのかもしれない。
そう思って上級生のしていることを見守っていた。
しかし。
奇跡《きせき》だった。

当然地に落ちると思った死んだ蝶は。

しかし一瞬《いっしゅん》地面に落ちるように降下《こうか》したかと思うと、空中《くうちゅう》で止まり。

次の瞬間《しゅんかん》、ヒラヒラと——動きを取り戻したのだ。

魔法《まほう》だ……。千代は思った。

命をなくしかけた小さな虫にも優しい千代の女神様は、名前を蒼井《あおい》渚砂《なぎさ》と言った。

＊

千代は、いつか……渚砂お姉様《ねえさま》と一緒《いっしょ》にお庭でお弁当をいただくのが夢だったんです。

こうして遠くからお姉様の姿を見ていられるだけで幸せって思っていたけど、でも渚砂お姉様がお教室から出るときに、もしかしたら見つけていただけるかもって、ほんのちょっとだけそう思いながら、この1週間、機会があるといつもこの柱の陰《かげ》に隠《かく》れてた……。

でももうかなわぬ夢なんだわ——渚砂お姉様が静馬《しずま》お姉様のお気に入りになってしまわれたのなら——千代の入れるすき間なんてきっと全然ないもの——そう思うとまた千代の目から涙があふれてきた。

きっと、お姉様に見つけてほしいなんて図々《ずうずう》しいことを考えたから、罰《ばち》が当たったんだ……。

「あら……？」

そこに誰かが通りがかった。玉青《たまお》だ。どうやらこれから帰舎するところらしい。

「千代《ちよ》ちゃん？　どうしたの、そんなに泣いて……」

「た、玉青《たまお》お姉様《ねえさま》ぁ……」

千代が鼻をすすり上げた。

＊

事情を聞いた玉青は嫉妬《しっと》に燃《も》えた。

静馬お姉様が渚砂《なぎさ》ちゃんに抱きついたなんて――そんなこと絶対に絶対に許《ゆる》さないわっ！

玉青の脳裏《のうり》に、図書館であんなことやこんなことを渚砂に仕掛けている静馬の姿と、あんなことやこんなことを静馬に仕掛けられて羞《は》じらい真っ赤になっている渚砂の姿が駆《か》けめぐる。

こんなときは妄想力《もうそうりょく》が強いのも考えものだ。

ダメよ、そんなことは許さないわ！　渚砂ちゃんを楽しむその役目は私のモノなのに――。

そして。

下校時刻《げこうじこく》の鐘《かね》が鳴《な》った。

リーンゴーン……。

＊

リーンゴーン……。

「あら？　大変。もう下校時刻だわ」

鐘の音《おと》を耳にして少女が振り返った。

きらり。

5階の窓から射し込む陽の光がガラス窓に反射《はんしゃ》して鋭《するど》く光る。

「じゃあ、みなさまこれでよろしいですね？」

陽光《ようこう》は少女の足下《あしもと》の床《ゆか》にいつの間にか赤みを帯《お》びて、長く部屋の奥まで射し込んでいる。

ここは聖ミアトル女学園の東側に立つ第2の学校、聖スピカ女学院。その数多くある中でも一番高い建物の最上階の――

スピカ生徒会室の中だ。

全面が巨大なガラス張りになっている外壁《がいへき》と、白いスチールの枠材《わくざい》、フロストガラスの間仕切りとで構成された部屋は、まるで真新しいオフィスビルの中にいるように感じられる。

「では今年のエトワール選は〝3つの光輝《トロワ・リュミエール》〟で行うことに決定いたします。初選の〝輝かしい《ラ・ブリヤン・》始まり《トウヴエルチユール》〟は4月末。候補者《こうほしゃ》の方々にはこちらからご連絡《れんらく》をさせていただきます」

白いスピカの制服を身につけた少女は、今や強いオレンジ色に染まりつつある大きな空となったガラスの壁《かべ》を背に堂々と1人で立ち、手元の書類に目を落としつつ続けた。

「現在までに届け出が済んでいるカップルは、聖ミアトル女学園4組、聖スピカ女学院5組、聖ル・リム女学校3組……締め切り直前の駆け込み応募《おうぼ》を含めておそらく総数は15組前後になると思われます。初選で約半数を選出《せんしゅつ》、2回選〝愛の試練《レプルーヴ・ダムール》〟ではさらに約半数に絞られます。最後の〝最後の奇跡《ル・デルニエ・ミラークル》〟は慣例《かんれい》により2回選で1位を取ったカップルの在籍《ざいせき》する学校にて開催《かいさい》されることとなります。3回選直後にエトワール決定の戴冠式《たいかんしき》が予定されていますが、こちらのほうの支度《したく》もありますし、〝愛の試練《レプルーヴ・ダムール》〟で1位になった学校は何かと大変かと思いますが、まあこれは……」

ふう……とそこまで一気に言って。

その少しだけやせぎすな、でも白い制服のよく似合《にあ》う線の細いスピカの生徒会長、冬森詩遠《とうもりしおん》は声にならないため息をついた。

栗色の長い髪《かみ》は下ろされたまま、上のほうだけをまとめてあり、前髪を下ろさずに潔《いさぎよ》く露出《ろしゅつ》されている額《ひたい》は広く知性を感じさせる。つんと上向いた細い鼻と、小さく尖《とが》った顎《あご》が、少しだけキツイ雰囲気《ふんいき》を醸《かも》し出していて、銀縁《ぎんぶち》の眼鏡《メガネ》でも掛ければ大いに似合いそうな、そんないかにも真面目《まじめ》な印象《いんしょう》だ。

鋭《するど》いほどの頭脳《ずのう》の冴《さ》えで鳴る硬質《こうしつ》な美人――そういったところだろうか。

ここまでくれば一安心。あとはこの川の流れに任せてゆっくりかまえていればいい……私は打てるだけの手は打ったのだから。

詩遠はトントンと書類をそろえる。

「――これは、みなさまもご承知《しょうち》のとおり――」

1人1人の顔を確認するように周囲を見回した。

スピカ生徒会室の大きな会議用のテーブルには各校3人の代表者――生徒会長、副会長、書記という生徒会メンバーとそのスタッフが集まっていた。

詩遠はおなかにもう一度。力を入れて背を伸ばして続ける。

「事前に我が聖スピカ女学院で準備をさせていただきますから……」

「ちょっと、待ってくださる？」

そのとき、大きな三角形のテーブルを挟《はさ》んで左手に座っていた1人の少女が手を挙《あ》げた。

「……何かご不審《ふしん》な点がありましたでしょうか？　ル・リム生徒会長？」

ほんの少し眉《まゆ》をひそめて、スピカの生徒会長は言った。

どうしたのかしら、もうこれでおしまいだっていうのに――。

「今年はスピカでって――どういうことなのかしら？」

待ったをかけた少女は、しかし先ほどの鋭い声とは一転《いってん》、かなり柔らかい調子《ちょうし》で言い、甘やかに小首《こくび》をかしげてみせた。

温《あたた》かなピンク色のチェックが踊る聖ル・リム女学校の制服。その生徒会長を務《つと》める5年A組・源《みなもと》千華留《ちかる》の背中に広がる豊かな長い髪《かみ》には、乙女《おとめ》らしく耳の辺《あた》りに垂《た》らした細い三つ編みにリボンがつけられ、周囲には背が高いらしいのにかわいらしく華奢《きゃしゃ》な印象《いんしょう》を与えていた。下ろされた真っ黒な前髪の下には大きく優《やさ》しい印象の瞳《ひとみ》が表情豊かに、聡明《そうめい》な輝《かがや》きを放《はな》っている。

なぜ、そんなことを言うの？

そう問いかけるように、少女の動きに合わせてふんわりと髪《かみ》が揺《ゆ》れた。

詩遠《しおん》はカッとなった。

「どういうことって、何を今さら……」

そして絶句《ぜっく》した。

正面《しょうめん》きってそう言われてしまえば、何も言えない。

こんなことを表の場である3校合同生徒会で言うのはいつもの詩遠のやり方ではないからだ。

今年のエトワール選は今さら誰がどうあがいたってスピカが鉄板でいただきだ！

——なんて。

そんなことを思っているなんて。

例えこの場にいる全員がそう思っていることが明白《めいはく》だったとしても——。

そんなはしたないことは絶対に言えない。

だから、先刻《さっき》の詩遠の発言は失言《しつげん》と言えば失言だった。

「くすくすくす……」

詩遠の隣《となり》で忍び笑いが聞こえた。

「いやだわ千華留《ちかる》会長ったら♡　今さらそーんなこと、みんな言わなくてもわかってらっしゃるじゃありませんか♡　も・ち・ろ・ん！　私たちスピカのプリンスが今年のエトワールに決まってるってゆうことですわ♡　わかってらっしゃるくせに、そんなこと言って……千華留会長ってやっぱり、い・じ・わ・る♡　詩遠がこんなにがんばってるのにわざと苛《いじ》めるなんて、も、そんなに詩遠のことがかわいいんですの？　わたくし、ちょっぴり妬《や》けてしまいましてよ……」

「ちょっ、も……桃実《ももみ》！　っと、鬼屋敷《きやしき》さんったら、何言ってるの!?　それを言ったら……」

詩遠はあわてた。

しかし隣に座った少女——聖スピカ女学院生徒会副会長の5年アン組、鬼屋敷桃実はそんな詩遠の様子《ようす》を横目で見た後、手にした扇子《せんす》で口元を隠《かく》しつつ言った。

「やだわ詩遠ったらそんな呆然《ぼうぜん》としちゃって。それを言っちゃあ……お・し・ま・い、って言いたいのかしら？　うふふっ……大丈夫よ、そんなこと、この場にいるみーんながわかってることなんだから。そして千華留会長が、こーんなに優しそうに見えて……楽しい意地悪が大好きってこともね。ほら、ご機嫌《きげん》直して直して♡」

緩《ゆる》やかな縦《たて》ロールの巻《ま》き髪《がみ》に縁取《ふちど》られた顔は人形のように大きな目に派手《はで》なまつげ、スラリと高い鼻に大きな口と、日本人離れした派手さで、まるで周囲に香水の匂いを振り撒《ま》くかのように華やかに笑っている。

桃実はどうやらル・リム生徒会長とも親しいらしい。あっけにとられている詩遠をよそに、〝あらわたし詩遠ちゃんと同じくらい桃実ちゃんのことだって愛していてよ？　スピカでこんなにも縦ロールの似合《にあ》う子はあなたしかいないわ♡〟〝いやーん、千華留会長ったら、桃実うれしー、それなら今度のロザリー役はぜひ私にねねねねね〃などと言い合っていちゃついている。

そして桃実《ももみ》は言った。

「そんなあわて方してたら、スピカ創立以来の秀才とうたわれる雪の女王のあだ名が泣くわよ?」

扇子《せんす》を振って詩遠《しおん》に前を向くように促《うなが》す。

あわあわと口を開けていた詩遠は。

「……ふん。私はそんなあだ名知らないわよ!」

雪の女王の名を聞いて自分を取り戻した。

まあ、いいか。

今さら、といえば、今さら――隠《かく》したって仕方ないんだし。

本当に。みんなわかっていることよね。

今年はいよいよあの方がエトワール選に参戦する。

中等部1年に入学したときから、参戦すれば戴冠《たいかん》間違いなしと言われ続けたスピカのプリンス。絶大《ぜつだい》な人気に反するあまりにシャイなご性格でこれまで参加をずっと固辞《こじ》され続けてきたけれど、5年生になられた今年はいよいよラストイヤー――受験を控《ひか》えて立候補はしない6年生を前に、もう断れない……さすがに観念《かんねん》なさっているわ。

幸い今のところ、同学年にめぼしいライバルは少ない……。

あの方はかつてない大型エトワールにおなりになる。

そして、この私が――。

稀代《きたい》の名生徒会長として存分《ぞんぶん》にこの1年を――。

スピカイヤーとして盛り上げてやるんだから！

と、心の中で詩遠は決意も新たに体勢を整える。

「大変失礼いたしました、ル・リム生徒会長。……これは私が早まってしまったようです。今年は鳳《おおとり》さんがエントリーする予定になっていると聞き及んでおりますのでつい……。私、なんでも先へ先へと心配する癖《くせ》が少々ありまして」

「ええ、もちろん存じ上げていてよ♡　スピカ生徒会長」

敵《てき》は華やかに微笑《ほほえ》んでから――さも意味ありげに横を向いてつぶやいた。

詩遠に聞こえるか聞こえないかくらいの小さな声で。

「でも、あんまり油断《ゆだん》しないほうがよろしいんじゃないかしらーと思って……」

「……油断？」

聞き捨てならない単語が飛び出した。

窓から入る夕陽がキラリと光る。

「何か、新しい情報でもありまして？」

一瞬《いっしゅん》で詩遠が戦闘《せんとう》モードに入った。

前に一歩を踏み出し、千華留《ちかる》に鋭《するど》い目線《めせん》を送る。

「もしや、ル・リムから有力候補《ゆうりょくこうほ》の参戦《さんせん》があるとでも？　それも千華留会長の差《さ》し金《がね》で？」

短く問うその緊張感《きんちょうかん》が圧力をもって室内を支配する。

「おー怖《こわ》い」

小さい声で桃実《ももみ》はつぶやき、扇子《せんす》を広げて、〝やっぱり雪の女王だわよねぇ〟と1人扇子に描《えが》かれたパンダのイラストに話しかけた。

「いやだわ、スピカ生徒会長ったら……小さな頃からお知り合いの詩遠《しおん》ちゃんに私がそんなコトするわけないでしょう？　わたくしそんな意地悪じゃあなくってよ♡　でも、そうね……そんなに知りたぁい？」

しかし千華留は詩遠の勢《いきお》いに少しも動じずに、小さくウィンクをして見せた。

「今年は聖ミアトル女学園に珍しく4年生からの編入生が入ったそうね」

千華留の対面、詩遠の右手に座っていたミアトルの生徒——生徒会役員のメンバーがぴくんと小さく反応する。

「ミアトルで高等部からの編入なんて最近聞かなかったコトだわ。それで……」

スピカの3人に緊張が走り。

そしてミアトル席には不安がよぎった。

千華留はゆっくりと続ける。

「それでね、ほんのさきほど——私も噂《うわさ》で聞いたのだけれど……その編入生に、前エトワールが強い関心を示しているって……」

がたっ。

冬森《とうもり》詩遠が大きな音をたてて座っていた椅子《いす》を倒した。

「前エトワール？」

その視線の先にいるミアトルの生徒会長——

——5年花組、六条深雪《ろくじょうみゆき》は大きく息を吐《は》いた。

＊

来ない……。

来ないわ……。

……まだ来ない。

えーい、もうっ！

と、思わず目の前の木の枝の梢《こずえ》をブチッとちぎってしまいそうになって玉青《たまお》はハッとした。

玉青の身を隠《かく》すように広がっている木立《こだち》の影《かげ》がずいぶん濃《こ》くなっている。

気がつくと隣《となり》で小さな千代《ちよ》が怯《おび》えながら玉青の様子《ようす》をうかがっていた。

「あっ……あら、ごめんなさい、そんなつもりじゃあ……驚《おどろ》いた？」

いえ、そんな――と声もなく千代《ちよ》がふるふると首を振る。

そんな千代のかわいらしい仕草《しぐさ》を見やって玉青《たまお》は少し和《なご》んだ。

「静馬《しずま》お姉様《ねえさま》と渚砂《なぎさ》ちゃん……遅いわね」

「はい……このままでは帰舎《きしゃ》の時間に遅れてしまうかもしれません」

千代は細いというよりも小さな腕に不似合《ふにあ》いな大きな腕時計をしている。

「でも、ルルドに向かうって静馬お姉様はおっしゃっていたんでしょう?」

「はい――でも千代あのときちょっと動顛《どうてん》していましたから、かすかにそう聞こえたような――気がしただけかもしれないです……」

消え入りそうな声で千代が言う。

「静馬お姉様ならありそうなことだわ。秘密《ひみつ》の花園《はなぞの》の次は奇跡《きせき》の泉《いずみ》――きっとまた何かよからぬことをたくらんで……」

「……!!」

千代が恐怖《きょうふ》のあまり言葉《ことば》にならない叫《さけ》びを発して意味もなく後《あと》ずさった。

ざざざっ。

芝生《しばふ》を渡る夕風の音がする。

＊

「相変わらず早耳《はやみみ》ですのね、千華留《ちかる》会長」

世にも不機嫌《ふきげん》な声で深雪《みゆき》は言った。

濃いダークチャコールのミアトルのクラシカルな制服に身を包み、静かに目を閉じて座っていた彼女の——頤《あご》の下で真《ま》っ直《す》ぐに切りそろえられたボブヘアの見事《みごと》な黒髪《くろかみ》が濡《ぬ》れたように光っている。

エッジの立ったワンレングスの髪は彼女のごく小さな顔を1／3ほども覆《おお》い、その隙間《すきま》から見える白皙《はくせき》の美貌《びぼう》の上で——主《あるじ》の性格を表すかのように鋭《するど》い刃《は》のような切口《きりくち》を揺《ゆ》らしていた。

「他に候補《こうほ》がいないから仕方なくやってる半隠居《はんいんきょ》の生徒会長、だなんて……ご謙遜《けんそん》だわ。さすがに4年から異例の2期連続で生徒会長をなさっているだけありますわね。野心《やしん》とは無縁《むえん》のル・リムの聖母《せいぼ》とは……やはり言えないようですわ。鳳《おおとり》さんが5年になって、いよいよ鼻の先にぶら下がったにんじんとばかりにエトワール取りに必死なスピカの頭上《ずじょう》を軽く飛ばして、こんなに早く情報が入るなんてさすが——」

「ちょっとっ、それってスピカへの嫌味《いやみ》!?」

詩遠《しおん》が色をなす。

しかし深雪は席に座ったまま誰とも目線《めせん》を合わさずに、落ち着き払った様子《ようす》で言葉を継《つ》いだ。

「——さすが、アストラエアの陰《かげ》の女帝《じょてい》と言われるだけありますわ」

目を見開いたその顔には、強い意志の光が宿り、今や隠《かく》れもなく朗々《ろうろう》としたリーダーシップが表れ始めている。

「……お褒《ほ》めをいただいてありがとう。でも――」

千華留《ちかる》は詩遠《しおん》を相手にしていたそれまでとは、打って変わった冷たい声で応《こた》えた。

「陰の女帝《じょてい》の称号《しょうごう》は……あなたのほうにこそふさわしいのじゃないかしら？　物《もの》の怪《け》すら操《あやつ》れると評判《ひょうばん》の策謀家《さくぼうか》でいらっしゃる六条院《ろくじょういん》の姫君《ひめぎみ》？　静馬《しずま》様が6年になったからって、スピカに鳳天音《おおとりあまね》がいるからって、簡単にエトワールをあきらめるようなミアトルじゃないってことは――私、よく存じ上げていてよ？」

「おー怖《こわ》い……」

桃実《ももみ》がまたパンダに話しかける。〝千華留会長ってこーんな陰険《いんけん》な会話もできちゃうのよねえ――怖いでちゅねぇ……〟。

その間に詩遠はようやく落ち着きを取り戻した。

「そういう――ことだったんですね」

千華留が優《やさ》しい笑顔を詩遠に向けた。

「ああ、詩遠ちゃん、やっとわかってくれたのね？　うれしいわ――天音ちゃんは本当に素敵《すてき》で、私もエトワールにふさわしいと思うの。詩遠ちゃんが今年こそスピカにエトワールを、って舞い上がるのも無理ないわ、でも――」

「わ、私、舞い上がってなんか……」

「舞い上がってまちたよねー？　私が生徒会長の年にプリンス天音というスターがいるのはスピカの星に導かれた運命だわーって、寮《りょう》の部屋から夜空の星に叫《さけ》んでたじゃないねー？」

横からギロッと飛んでくる目線《めせん》を避《さ》けるように桃実がパンダに言う。

しかし千華留は続けた。

「でもね、ミアトルはきっとそれを許《ゆる》さないわ……」

ごくり。

千華留の言葉《ことば》に詩遠が小さく息をのむ。

「この六条さんの性格の問題じゃないの。ミアトルっていうところがそういうところなのよ。表面上はどんなに穏《おだ》やかに見えていても、常に筆頭《ひっとう》でいなければ、1番でいなければ、すまないところがある――これまでの歴代エトワールの実に2／3以上がミアトル生っていうのは、偶然《ぐうぜん》でもミアトルの歴史の古さからでもなんでもないの。今回みたいに、誰が見てもエトワールになるべき人がいたとしても、それがミアトル以外の人材であれば、それに甘んじるのを潔《いさぎよ》しとしない風潮《ふうちょう》がミアトルにはあって、それを甘く見ている者には必ず痛い罠《わな》が――」

「あはははははっ」

突然深雪《みゆき》が乾《かわ》いた笑い声を放《はな》った。

「いやですわ、千華留会長ったらそんなこと……単に私の性格が悪いだけですわ。ミアトルの暗部《あんぶ》みたいにおっしゃらないでくださいな。ただ私は――私の生徒会長在任中に他校のエトワールを拝《はい》するようなことを、したくないだけです。それは他の多くのミアトル生も同じ気持ちだと思いますわ」

卓上に広がっていたいくつかの書類や紙ばさみをまとめて手に持ち、ゆっくりと帰り支度《じたく》を始める——。

そしてあっけにとられてる詩遠《しおん》をよそに——。

深雪《みゆき》は何かを吹《ふ》っ切ったようにさばさばと語り始めた。

「おっしゃるとおり——半分あきらめていたんです。今度のエトワール選は。なにしろ今年はあのプリンス天音《あまね》が5年生。4年生からの2年連続も当然あり得たところを、この1年だけで食い止められればまあ合格点だろうって……。でも」

「でも？」

詩遠がキツイ目線《めせん》を飛ばす。

「でもね」

ふふっと口の中で笑って、初めて深雪は詩遠の顔をまじまじと見つめた。

名字《みようじ》にあやかって六条院《ろくじょういん》の姫君《ひめぎみ》とあだ名される彼女の佇《たたず》まいは至って和風だ。艶《つや》やかで真《ま》っ直《す》ぐな黒髪《くろかみ》は肩口で潔く切りそろえられて白い肌をより白く見せ、細いけれど通った鼻梁《びりょう》、優《やさ》しげな瞳《ひとみ》ににこやかに蕾《つぼ》まれた小さな口元は、まさに姫君の気品《きひん》と貫禄《かんろく》が備わっている。

「千華留《ちかる》会長のおっしゃるとおりよ——」

恥《は》ずかしげに目を伏せた。

千華留の？

詩遠は思い出す。

千華留の発言によれば、たしかこの春ミアトルには珍しい高等部からの編入生があって、その子になぜか前エトワールが関心を――でも、どうして？　どうしてここで前エトワールが出てくるの？

「思い出していただけたみたいね。そう……私たち全ミアトル生の憧《あこが》れのお姉様《ねえさま》にして光輝《こうき》ある前エトワール――花園静馬《はなぞのしずま》様が、今年から4年に新しく入ってきた1人の編入生に大いなる関心を示しているらしいのです。私もほんのさきほど耳にしたことだけれど――それはもう傍《はた》の者には眩《まぶ》しくて目もくらむような抱擁《ほうよう》シーンだったと聞いています――ですから私はこの先90％以上の確率で静馬様がこう言い出されるものと予想しています」

深雪は受付嬢のような作り笑顔《えがお》をして言った。

「〝この子と一緒《いっしょ》にエトワールになってみたいわ♡〟」

「だ、だって、静馬様はもう受験組の6年生だし、それにすでに1度、エトワールになっているじゃ――」

「あの方にはそんなこと関係ないわ。あの方にとってエトワール位は在学中に体験するべく予定された必修の出来事のほんの1つ。特になりたい気もなければ、ならないのもかえって変というくらいのことでしかなかったわ。だからご本人には特に執着《しゅうちゃく》もないご様子《ようす》だけれど、これが恋愛の小道具となればまた話は別よ。中等部までを外部で過ごしたというその編入生は、報告によるとミアトルには珍しい……」

そこで深雪《みゆき》は目を細めた。

「そうね……むやみに元気な雑草タイプ、とでも言っておいたらいいかしら？　静馬《しずま》様がご執《しゅう》心《しん》になるのは少し意外でしたけれど、ミアトルの論理を知らないぶん、静馬様をてこずらせるのは目に見えているわ」

「あの静馬様がテコズラされるの？　すごい編入生なのね」

変なところで桃実《ももみ》が感心する。

「ああ、もちろん、わが生徒会では彼女が落ちるのは時間の問題だと見ています。ただここで問題なのは……」

「問題なのは？」

ワクワクと笑顔で聞いている桃実は、急に能弁《のうべん》になった深雪の話にいつの間にか引き込まれていた。

「ミアトルの習慣をよく知らない、つまり麗《うるわ》しき姉妹愛《しまいあい》を理解しない初心《うぶ》な4年生を相手に、静馬様が、大変に盛り上がっていらっしゃるらしい、ということです」

「はぁ……大変に……」

詩遠《しおん》が肩すかしを食う。

「おわかりになりませんか？　思うようにならない獲物《えもの》を追いかけていらっしゃるときの静馬様は——それはもう大変なエネルギーをお持ちになるのです。何事《なにごと》も成し遂げぬものはないような、それはもう大変なエネルギーを……」

そう言って深雪は立ち上がった。

立ち上がると案外《あんがい》に小柄《こがら》で華奢《きゃしゃ》な体つきをしている。

「あのやる気十分の静馬様の前にはエトワール選など手強《てごわ》い戦いではありません。ええ、それはもう今年のスピカ生徒会の意向《いこう》はよく存じ上げておりますわ。でも……このような好機《こうき》を逃《のが》す我々ではありません。悪《あ》しからずご諒解《りょうかい》くださって——今後はどうぞよろしくお相手願いますわね」

慇懃《いんぎん》にゆっくりと会釈《えしゃく》をした。

それは、頭を下げているはずなのに、なぜかふんとそり返っているような印象《いんしょう》を残す、珍しい会釈だった。

そんな深雪の態度《たいど》に詩遠は思わず——。

「六条《ろくじょう》さん——それって、それって宣戦布告《せんせんふこく》っていうことですか！」

ビシィッ。

つい。

思い切り指をさしてしまった。

深雪《みゆき》の目と鼻の先につかんばかりに。

ほんの近くに力強く……。

あっ……しまった。

思ったときには遅かった。

周囲に緊張《きんちょう》が走る。

ゆっくりと深雪が微笑《ほほえ》んだ。

「あらあら……」

目の前の詩遠《しおん》の手を払うようにそっと握《にぎ》る。

「冬森《とうもり》さんこそ――これはアストラエアの禁じ手、挑戦《ちょうせん》のしるしですわね――」

「あっ、そ、そんなつもりじゃ……」

あわてて引っ込めようとした手は、しかし深雪にすでにしっかり握られていて引きあげることができなかった。

人さし指で相手を指すことは、乙女《おとめ》の禁忌《タブー》――ましてそれを相手の鼻先に決めるということは――他《ほか》でもない決闘《けっとう》の申し込みの合図と、アストラエアでは言われているのだ。

ゆっくりと深雪がすごむように近づいた。

「よろしくてよ、これまで特に申し上げる必要もないと思って黙《だま》っていましたけれど……千華《ちか》

留《る》会長のお節介《せっかい》のおかげでこうなった以上は、もう隠《かく》す必要もありませんし——」

深雪《みゆき》は詩遠《しおん》の手をそっと自分の口元に寄せて口づけると言った。

「向かってくる敵《てき》には愛を持って戦うべし……この挑戦《ちょうせん》、ミアトル生徒会総力をあげて受けて立ちますわ。どうぞお手柔らかに。——それでは下校時刻《げこうじこく》も過ぎておりますし、これで失礼いたします」

くるりときびすを返すと後も見ずに早い足どりで部屋を去った。

残された2人のミアトル生——副会長と書記があわててその後を追うのを……詩遠は呆然《ぼうぜん》と見送ることしかできなかった。

＊

ミアトルの第1下校時刻は午後4時30分と決まっている。このほかにクラブ活動の終了時刻とされている第2下校時刻は5時半、文化祭直前などのイベント時にのみ設定される特別下校時間の午後6時などがあり、季節の日の長さに応じて15分単位で設定がずれたりすることがあるが、第1下校時刻は1年を通じて同じだ。

一般の生徒は、下校時刻を告《つ》げる鐘《かね》の音《ね》を聞いたら、すぐに学校から出なければならない。

各家庭から預かっている大切な生徒たちは、日が暮れて辺《あた》りが暗くなる前に家へと帰されなければならないからだ。

学校を出た生徒たちの群れの行き着く先は、2つ。

1つは校門正面の丘をまっすぐに下《くだ》って、最寄りの駅へと続く道。

そしてもう1つは校舎に沿って右手、聖ル・リム女学校の前を通り、乙女苑《おとめえん》の外周《がいしゅう》に沿って裏手のほうへと向かう道だ。

この先にいちご舎がある。

乙女苑の最深部《さいしんぶ》、しかしそのはずれに立つ建物は、地味《じみ》ながらも煉瓦《れんが》とタイルに彩《いろど》られた堅《けん》牢《ろう》な構造物で、緑豊かな乙女苑を借景《しゃっけい》に、隠《かく》れ家《が》のように密《ひそ》やかな雰囲気《ふんいき》を漂《ただよ》わせている。

希望者だけが入る寄宿舎であるいちご舎は、アストラエア3校共用の施設だ。

建物自体は一風《いっぷう》変わった三角形をしていて、それぞれの辺《へん》が各校の寮《りょう》になっている。その内の1辺であるミアトル寮には小さな礼拝堂がついていて、それがまるでいちごのへたのように見えることから、生徒たちはこの寄宿舎を愛情をこめて〝いちご舎〟と呼んでいるのだ。その正式名称は〝ザ・アストラエア・ホール〟。真ん中は中庭として使用されている。

基本的に各校の寮の間での自由な行き来は禁止されていて、三角形の各頂点はつながってはいない。が、その代わりに2階に3辺を結ぶ中空《ちゅうくう》の渡り廊下《ろうか》が作られていて、寮監《りょうかん》や寮母《りょうぼ》のシスターの許可《きょか》を得た者だけがそこを通ることを許《ゆる》されるのだ。

そして今日《きょう》も、ミアトルの第2下校時刻は過ぎようとしている。いちご舎への帰舎はそれから20分以内と決められているから——あの2人も絶対にこの道を帰ってくるはず——。

というわけで千代《ちよ》と玉青《たまお》は学校を出ていちご舎のほうへ向かうこの道の先で……待ち伏せをすることに決めたのだ。

主に玉青の発案《はつあん》で。

千代は死ぬほどドキドキしていた。

憧《あこが》れのお姉様《ねえさま》を待ち伏せだなんて——渚砂《なぎさ》お姉様には会いたいけれど、静馬《しずま》お姉様は——どんな、どんな顔をなさるかしら？

もしかしたらすごく邪魔《じゃま》に思われるかもしれない……だって、静馬お姉様は渚砂お姉様のことがすごくお気に入りのご様子《ようす》だし——渚砂お姉様だって静馬お姉さまみたいな素敵《すてき》な方のお近くにいたら、千代なんてきっときっとすごく見劣《みおと》りがして邪魔なだけだもの……。

千代の目からまた、大粒《おおつぶ》の涙がこぼれ落ちようとしたそのとき。

生け垣のように生い茂った木々の壁《かべ》の向こうから、誰かの話し声が聞こえてきた。

それはシスターの声。

＊

「まったく花園《はなぞの》さんらしくもない……今度からはお気をつけ遊ばしませ。ではもう帰舎の刻限《こくげん》ですからお帰りなさい」

どうやら誰かが叱《しか》られているらしい。

玉青がそっと木々の梢《こずえ》の隙間《すきま》を広げて向こうを覗《のぞ》くと。

そこにいたのは静馬と渚砂の2人だった。閉じられた御聖堂《おみどう》の通用口のそばで、シスターの前に並んで神妙《しんみょう》に頭を垂《た》れている。

あちこち寄り道をしていたせいで御聖堂が閉まってしまったらしい。

聖水《せいすい》当番だっていうのにあわや聖水をもらい損ねるところを、シスターの計《はか》らいで特別に入れてもらったようだった。

シスターがいなくなったのを見計らって静馬が文句《もんく》を言い始める。

「まったく、しんねりむっつり、シスター坂上《さかうえ》ったら厳《きび》しいんだから。いじわる。聖水なんていったって、結局はただの水じゃないの、ねぇ……」

手にした分厚《ぶあつ》いクリスタルの聖水瓶《びん》を振り回した。

玉青は思わず笑ってしまう――。

「あら、そんなこと言っていいんですか、静馬お姉様？」

梢の隙間から玉青が顔を覗かせると。

「誰!?」

「玉青ちゃん!?」

2人はひどく驚《おどろ》いた。

そして渚砂《なぎさ》は玉青《たまお》の顔を見て素直にうれしそうな顔をし、静馬《しずま》はほんの少しだけ居心地《いごこち》が悪そうに目を泳がせた。

その様子《ようす》を見て。

玉青は確信した。

きっと、この2人の間にはまだ何もないわ……。

そして2人に聞こえないようにそっと千代《ちよ》に、〝まだ望みはあるみたいよ♡〟とささやいた。

千代がぴくっと顔を上げる。


「今頃お帰りなんですのね、静馬お姉様《ねえさま》……」

ゆっくりと進み出て玉青は言った。


「ええ」

静馬は一瞬《いっしゅん》のうちに落ち着いてシンとした強い女王のオーラを取り戻す。

遠くを見るように横を向いていた顔を回して玉青の顔を見据《みす》えた。

玉青が少し気圧《けお》されたように、でもチクリと言った。

「下校《げこう》の鐘《かね》もとっくに過ぎて――こんなお時間まで残ってらっしゃるなんて珍しいこと」

すると静馬は

「――ああ、今日《きょう》は聖水《せいすい》当番だったの。でも途中《とちゅう》で少しだけ寄り道をしたから、遅くなってしまって」

まるで服に付いた小さなオナモミの実を取って払うかのように平然と、気のない返事をした。

少しだけ寄り道っ!?

それを聞いた渚砂がおののく。

なんだか思い切り乙女《おとめ》苑《えん》ツアーをしていたような気がするんだけど……。

しかも遅くなってシスターに怒られるくらいに――。

しかし静馬はそんなもの問いたげな渚砂の視線を平然《へいぜん》と無視《むし》して、今や夕暮れに赤く照《て》り映《は》える近くの木立《こだち》に目を向けた。

「もうすっかり……夕陽になってしまったわね」

渚砂は先刻《さっき》までの少しはしゃいだ楽しげな――そう、まるで渚砂もよく知っているはずのごく普通の高校生のようだった静馬の、瞬時《しゅんじ》の変化についていけなくて戸惑《とまど》ってしまった。

静馬お姉様ってば……さっきまであんなに。

あんなに――気さくにはしゃいでいたのに。

渚砂は静馬の変化に圧倒《あっとう》されて、実はこれが静馬の本質なのかと、思わず感心した。

こうしてみると、静馬お姉様って本当に美人で素敵《すてき》で、それでいて大人《おとな》っぽいっていうかなんていうか――渚砂がこんな言葉《ことば》使うのって少し変かもしれないけれど、威厳《いげん》があるっていうのかな、なんかそんな感じ——。

図書館での静馬《しずま》お姉様《ねえさま》の態度にはちょっぴりビックリしたけど、でも……あれはきっとあの図書館の……あの独特の雰囲気《ふんいき》のせいだったんだ、よね。

だからきっと渚砂《なぎさ》がカンチガイしちゃったんだ。

木立《こだち》を見つめる端正《たんせい》な静馬の横顔を見ながら渚砂は思う。

渚砂が勝手に変な雰囲気にのまれちゃって、静馬お姉様がなんか渚砂に……せ、迫《せま》ってくるような気がしちゃって……。

急に自分が恥《は》ずかしくなった。

静馬お姉様はどう思ったんだろう……。

もしかして、渚砂の考えてることなんてみんな全部、お見通しで——それで渚砂がばかな子だって思ってあきれてるかも——そうだよね、渚砂って大ばかだ、仮にも静馬お姉様みたいな人に好かれてるかもしれないなんて、そんな大《だい》それたコトを考えたりして……。

ひゅうと風が吹いた。

さむっ——。

早春《そうしゅん》の夕刻《ゆうこく》の肌寒い風に静馬の長い髪《かみ》が揺《ゆ》れる。

静馬お姉様……。

美しい横顔を盗み見た渚砂は少しだけ悲しくなりかけて、でもやっぱり見とれてしまった。

──そんな渚砂の姿を目の端にとらえて。

それでも玉青《たまお》はくじけなかった。

「あら、そうだったんですか……私、先刻《さっき》こちらの月館《つきだて》さんから図書館で静馬お姉様と渚砂ちゃんに会ったたって聞いて──ああ、静馬お姉様にご紹介しますわね、彼女、私と同じクラスに今度新しく入ってきた編入生なんです。偶然《ぐうぜん》お隣《となり》の席になって、その上いちご舎のお部屋までご一緒《いっしょ》っていう素敵《すてき》なご縁《えん》があるのですけれど──」

「そう、偶然ね……」

そう言った静馬の小さな声はごく近くにいた渚砂にしか聞こえない。

玉青が続ける。

「それで──お二人にお会いした千代《ちよ》ちゃんから聞いて……何しろ場所が場所ですから、そのご様子《ようす》を詳《くわ》しく伺《うかが》ったら……」

千代の顔が真っ赤になった。

「何か私《わたくし》の渚砂ちゃんが静馬お姉様にお粗相《そそう》をしてしまったのではないかと思って心配になって……」

「……私《わたくし》の？」

静馬がはからずも鋭《するど》い声をだす。

玉青《たまお》は今までの控《ひか》えめな態度《たいど》がまるで嘘《うそ》のように、目のない笑顔《えがお》でニッコリと微笑《ほほえ》む。

「そう？　――あなたの渚砂ちゃんが私《わたくし》に粗相《そそう》を？」

「ええ、そうなんです。私《わたくし》の大事《だいじ》なお友達の渚砂ちゃんがまだ不慣《ふな》れなばっかりに、ミアトルきっての大スターでいらっしゃる静馬《しずま》お姉様《ねえさま》に捕《つか》まってとっても恥《は》ずかしい目に、いえ、とっても失礼なことをしてしまったんじゃないかって、私、心配になって――」

静馬が押し黙《だま》っていると、玉青はさらに勢《いきお》い込んで言葉《ことば》を重ねた。

「ああ、やっぱりそうなんですね？　静馬お姉様、どうかお許《ゆる》しください――まだこのミアトルの事情に慣れていない渚砂ちゃんです。もし何かお粗相をしたのなら、それはわが4年月組全体の罪《つみ》、いえその罪は同室なのにまだきちんとミアトルの風習を教えて差し上げていなかった私にあるんですわ。どうぞ私《わたくし》をお罰《ばつ》しになって。渚砂ちゃんの受ける災《わざわ》いはすべてこの私《わたくし》に――」

急に芝居がかった声になった玉青は勢いよく膝《ひざ》を折り頭を垂《た》れると、祈《いの》るように両手を組む。

静馬は沈黙《ちんもく》してそんな玉青を見下ろし。

千代《ちよ》は凍《こお》り付《つ》いた。

ビキビキビキビキッ――。

聞いていた渚砂は、なぜか2人の間に太くて冷たい巨大なつららが下りたような気がして。

「ええ、私《わたくし》の♡」

「や、やだなー、玉青ちゃんたら、またそんな冗談《じょうだん》言っちゃって！　そんなひざまずいちゃったりしないでよー」

あわてて割って入った。

まったくミアトルの人たちってどうしてこうおおげさなんだろう――。

「もう玉青ちゃんったらいつもそんな言い方するんだから！」

苦笑《にがわら》いしながら玉青のほうに向かって手を出す。

「そんなことわざわざ言わなくったって、玉青ちゃん美人だし頭いいしおもしろくて、編入生の渚砂にもすっごく親切にしてくれて……渚砂、いっつも心の中でありがとうって思ってるんだよ」

ぶつぶつと言いながら玉青を助け起こす。

玉青は本当にうれしそうに差し出された渚砂の手をがしっと握《にぎ》り、力を込めて立ち上がった。

渚砂は玉青の手が冷たく冷えているのを感じる。

玉青ちゃんったらもしかしてずっと――長い間ここで待っていたのかしら……？

そして言った。

「いつも聞かれてて不思議だったもん――あのさ、渚砂じゃ玉青ちゃんの親友には力不足かもしれないけど、でももちろん玉青ちゃんはミアトルではもう渚砂の1番のお友達だよ！」

「な、渚砂ちゃん……」

予想外に。

すらりと出てきた渚砂《なぎさ》の言葉《ことば》に玉青《たまお》は少しだけたじろいだ。

なんて素直《すなお》な言葉を言うのだろう、この子は。

自分では到底《とうてい》言えない真《ま》っ直《す》ぐなセリフに、玉青は胸を射抜《いぬ》かれた気持ちがした。

この女の園ミアトルに暮らして——。

玉青はそれこそ数え切れないくらいの「親友同士」や「恋人同士」を見てきたけれど、口に出して言い合うそれらの言葉はいつもどこか空《むな》しくて。

言ったとたんに何かが消えてなくなるような気がした。

嘘《うそ》を必死でつなぎ止めるみたいに。

私たち1番の親友よね——。

そう言われるたびに、そう言い返すたびにどこかさめていく自分を感じた。

でも渚砂の言葉は何かが違っていた。

初めて会ったときからいつも感じていたこと。

玉青はなぜ自分がこんなに渚砂に惹《ひ》かれるのか、少しだけわかった気がした。

いつもつまらない言葉をこねくりまわして場の空気を支配しようとする癖《くせ》のある自分。

それに比べて、渚砂の口からこぼれ落ちた言葉はいつも形になった言葉以上でも以下でもない、裏打ちのある言葉だった。

ただあるがままをストレートにつかみだしてみせる渚砂。

――素直なのよね。あり得ないくらい。

やっぱり私がひねくれてるのはあんな家で育ったせいかしら……。

玉青はつい自分の身を振り返って。

少しだけ淋《さび》しくなった。

1番の親友……それは玉青が望んでいるものとは少しだけ違うような気もしたけれど、でもそう言われるとやはり自分の望みはただ「1番の友達」なのかもしれないとも思われた。

気がつくと隣《となり》で千代《ちよ》が目を輝《かがや》かせてつぶやいていた。

「渚砂お姉様《ねえさま》って本当に優《やさ》しい方なんですよね♡　清らかな天使のようで、千代、お姉様にお会いした人はみーんなお姉様のことを好きになってしまうと思います！」

千代には渚砂の周りにひらひらとかわいい蝶《ちょう》が舞うのが見えているようだった。

でも玉青はやはり照《て》れくささを隠《かく》さずにはいられなかった。

「まあ、うれしい渚砂ちゃんったら、私その言葉だけでも1週間はパックしなくても生きていける気がするわ～。やっぱり渚砂ちゃんは神様から私のために使わされたビタミン剤♡　うーん、食べちゃいたい♡　うん、これでわたしが渚砂ちゃんのNo.1ね！」

ばっちり。わざとらしいウィンクをする。

「あは、あはははは♡　玉青ちゃんったらまた変なことばっかりー、おかしー！　……ですよね、静馬《しずま》お姉様《ねえさま》――」

すると。

……。

そう言って振り向いた渚砂《なぎさ》に、し――ん、とふいに沈黙《ちんもく》のこだまが返ってきて。

あれ……れ？

渚砂が傍《かたわ》らにいる静馬を見上げると、そこには白々《しらじら》と身も凍《こお》るような氷のオーラをまとった静馬が静かに立っていた。

「2人とも――とても楽しそうね」

千代《ちよ》がびくっと体を震《ふる》わせた。

「……あ」

しまった、やりすぎた――か。

瞬時《しゅんじ》に渚砂から身を離した玉青《たまお》が口を開《あ》けたまま固《かた》まる。

「――渚砂ちゃん、とってもよいクラスメイトがいるみたいでよかったわね」

渚砂の顔を見ないまま、そっと渚砂の頭に手を置き、静馬は一歩前に出た。

ひゅうと風が吹いて静馬の髪《かみ》が舞い上がり、静馬の表情をさらに隠《かく》す。

「このぶんなら、推薦人《すいせんにん》にも苦労《くろう》はなさそうね？」

ざざざざっと木立《こだち》を渡《わた》る風の音。

急に早春《そうしゅん》のまだ冷たい空気が周りにみなぎる。

「……推薦人？」

玉青が思いきり不審《ふしん》な顔で繰り返す。

「ええ。エントリーのための推薦人。〝輝《ラ・ブリヤン・トゥヴェルチュール》かしい始まり〟はいよいよ今月末よ」

今やいや増した夕影《ゆうかげ》の中から、静馬の低い声が響《ひび》いた。

「ひっ……ラ、〝輝《ラ・ブリヤン・トゥヴェルチュール》かしい始まり〟!?　もしかして――」

千代《ちよ》が血の気《け》を引かせる。

「私《わたくし》、今――たった今決めましたわ」

ふいに静馬が姿勢《しせい》を正《ただ》し、くるりとこちらを向いた。

「静馬お姉様……」

凍《こお》りついた千代と一瞬《いっしゅん》で真顔《まがお》になった玉青の声が重なりあう。

「私《わたくし》は今年のエトワール選にこの渚砂をパートナーとしてエントリーします」

そう言って静馬はつかつかと渚砂のもとへと戻り、その身を寄せると、渚砂の顔を哀《あわ》れげに見て言った。

「私《わたくし》は、ただあなたと2人で楽しく過ごせればそれでよかったのよ――本当はあなたをあんなことに巻き込みたくなんかない――」

それでもまだきょとんとしている渚砂《なぎさ》の頭をもう一度撫《な》でて、そのままその手をそっと柔らかな頬《ほほ》にあてた。

「でも――」

そう言って指を広げる。

「わからせておかなくてわね」

思い切り広げた親指と人差し指がふいにぎゅっとつぼまって……。

「――言ったでしょう？」

渚砂の頬をつねった。

キリリと小さな痛みが渚砂の頬に走る。

「約束を破ったら……」

静馬《しずま》がそっと渚砂の耳に顔を寄せてささやいた。

「――お仕置《しお》きよって」

う、あ――でも、それはたしか、ただ「静馬お姉様《ねえさま》」と呼びなさいっていう話だったはずでは――。

でもキリリと頬をつままれて――あるいはその静馬お姉様の迫力《はくりょく》にのまれてしまって――渚砂の想いは声にならない。

「私《わたくし》は聖ミアトル女学園6年雪組の花園《はなぞの》静馬。長くこの学園に生きてきて、また光輝《こうき》あるあのエトワール冠を1度はかぶったことのある者として——人の後塵《こうじん》を拝《はい》することは決して許《ゆる》されないわ。決して——」

言いながら静馬は、まだ渚砂のスカートの端にかかっていた玉青《たまお》の手をパシッと払った。

「まだあなたと出会ったばかりだったから、そんなこと考えもしなかったわ——私《わたくし》としたことが甘かったわね。忘れていたわ、これから撒《ま》かれるばかりの良い種には、いつでも多くの罠《わな》が待ち受けていることを——。良い種も道端《みちばた》に落ちれば鳥が来て啄《ついば》んでしまうもの。岩に落ちれば焼けてしまうもの。いばらに落ちればふたがれてしまうもの。でも——」

玉青をギロリと凍《い》てついた目でにらむ。

玉青は背筋に冷たい何かが流れるのを感じた。

こんな——こんな静馬お姉様を見たのは何年ぶりだろう——。

ゆっくりと語る静馬の姿は冒《おか》しがたい気品《きひん》と、玉青ですら気圧《けお》されてしまうような迫力《はくりょく》に満ちていて、まるで音をたてない静かな炎《ほのお》に包まれているようだった。

白く冷たく銀色に輝《かがや》く音のない炎に——。

「良き地に落ちた種は30倍、60倍、100倍の豊かな実《みの》りとなって良き地にたわわに繁《しげ》ること。この一粒の良き種は私《わたくし》のものだと——この良き種にとっての良き地はこの花園静馬であることを、みなに知らしめておかなくてはならないわね」

そして静馬《しずま》は渚砂《なぎさ》をしっかりと見据《みす》えて、優《やさ》しく手を差し伸べた。

あ――。

覚《おぼ》えがある。

この、いつも女神《めがみ》からのように差し伸べられる優しく高貴《こうき》な手。

この手を取ったらどんなに幸せだろうと思わずにはいられない、まるでめくるめく別世界への入り口のような、至福《しふく》の国、乳《ちち》と蜜《みつ》の流れる地への扉《とびら》のような――常人《じょうじん》には決して抗《あらが》うことのできない誘《さそ》いの手。

「渚砂。あなたはまだよく知らなかったのだから許《ゆる》すわ。でも今教えて差し上げるから覚えておいて」

静馬は意外にも渚砂をいたわるような心底《しんそこ》優しい笑顔《えがお》を見せた。

そして続けた。

「私《わたくし》はたしかにこのミアトルに住まう者すべてのよき〝お姉様《ねえさま》〟だわ――でも、真に私《わたくし》を〝お姉様〟と呼ぶということは――こういうことよ。私は私《わたくしわたくし》の愛しい妹《カデット》が――あなたが2度と他の者の手にかかることを許さない。そのしるしに一緒《いっしょ》にエトワール位を取りましょう。この花園《はなぞの》静馬が――あなたに奇跡《きせき》の栄冠《えいかん》をお約束するわ」

静馬の顔が下げられて――渚砂の唇《くちびる》に近づいた。

渚砂の頭が真っ白になった。

なに、これ――。

いったいどうしたっていうのこれは――!?

玉青《たまお》は自分が目にした光景が信じられない想いだった。

渚砂に覆《おお》いかぶさって視界を遮《さえぎ》る静馬の後ろ姿を呆然《ぼうぜん》と見つめて……。

――ひょっとして静馬お姉様は本気で――？

玉青は小学部からミアトルに通っている。2年年上のこのお姉様のことは良くも悪くも、かなりよく知っているつもりだ。

学年でも1、2を争う目立つ美少女である玉青は、静馬に目をかけられていたことだってあるし、ミサなどの行事《ぎょうじ》で一緒《いっしょ》に何かのお役目につかされることも多かった。

学校で1番の美女で才女で、しかもその美点を大いに利用して華やかに女子校ライフを楽しんでいるらしい静馬に、その実《じつ》どこかさめたところのあるのを感じて――玉青は密《ひそ》かに親近感《しんきんかん》を感じていたのだ。

そんな玉青のイメージからすると、これは到底《とうてい》普段の静馬のやり口ではなかった。

追い込んで追い込んで追いつめて――崖《がけ》のふちぎりぎりに立たせておいて、最後には自分からすすんでこちらの懐《ふところ》に飛び込ませる。

それが静馬《しずま》のやり方だと、聞いてもいたし、いかにもそうだろうと想像してもいた。ねじ伏せるのではなく強制するのではなく、自《みずか》らの意志でその則《のり》を超えさせるところが、白い百合《ゆり》の花の香る恋の醍醐味《だいごみ》なのだと。

ところが、これは――。

いくら渚砂《なぎさ》ちゃんがかわいいからって――。

あまりにもノーマルだからって――。

私が目の前でちょっと――からかったからって――。


本気、なのかしら？

一緒《いっしょ》にエトワールになろうだなんて……。

いくら圧倒的《あっとうてき》人気で昨年の正エトワールを射止《いと》められた静馬お姉様《ねえさま》だからって、それも今月編入してきたばかりの新入生とだなんて、そんな無茶《むちゃ》が通るはずがないわ。それにエトワール選の初選、〝輝《ラ・ブリヤン・トウヴェルチュール》かしい始まり〟までもう3週間もないというのに――


と、そこで。

パチ、パチ、パチパチパチパチパチ――。

突然、どこからかもったいをつけた拍手《はくしゅ》の音が響《ひび》いてきた。

「おさすが――それでこそ私たちの静馬お姉様ですわ！」

ガサガサガサッと誰かが木陰《こかげ》から姿を現す。

「誰っ⁉」

あっけにとられた玉青《たまお》と千代《ちよ》が見つめる中を――。

ゆうゆうと現れたのは聖ミアトルの生徒会長、六条《ろくじょう》深雪《みゆき》だった。

「深雪お姉様！　どうしてこんなところに――」

玉青が叫《さけ》ぶ。

「あら、偶然《ぐうぜん》ね？　今日《きょう》はちょっと合同生徒会で遅くなってしまって近道を……」

余裕《よゆう》の笑《え》みをかました深雪は、でも続けて何かを言おうとした玉青には目もくれず、静馬だけを真《ま》っ直《す》ぐに見つめた。

「でも、ちょうどよいところでお会いしました、静馬お姉様――たしか今私の耳に飛び込んできた言葉《ことば》に間違いがなければ――今年のエトワール選にはこちらの編入生、4年月組蒼井《あおい》渚砂さんと――ご出場ということでよろしいんですわね？」

「えええっ、深雪《みゆき》お姉様《ねえさま》、もしかして今までずっと聞いてらっしゃったんですか!?」

深雪は驚《おどろ》く千代《ちよ》のほうも見ずに手で制《せい》す。

「素晴《すば》らしい！　実に素晴らしいご決心ですわ！」

パンパンパンと手をたたく。

「——そうと決まれば、ミアトル生徒会長としてこんなにうれしいことはないですわ。実は、たった今スピカで開催された3校合同生徒会でちょっとしたハプニングがありまして。これはぜひ静馬様のお耳に入れなくてはと——」

＊

そして深雪は語った。

3校合同生徒会での様子《ようす》を。

いかにスピカ生徒会が本年の鳳《おおとり》天音《あまね》候補《こうほ》に自信を持っているかを。

彼女たちはもうすっかりエトワール冠を手中《しゅちゅう》に収めたつもりでいるらしいことを。

そしてその場に居合わせた深雪たちミアトル生3人はそれを聞いていかに悔《くや》しい思いをしたのかを。

さらにその上あろうことかスピカの生徒会長・冬森《とうもり》詩遠《しおん》は自分たちを挑発《ちょうはつ》し、取れるモノなら取ってみろと、〝挑戦のしるし〟を突きつけたことを——。

「ル・リムの源《みなもと》会長もどうやらスピカを応援《おうえん》している様子でしたわ。私たちミアトル生徒会の者がもう、どんな思いでそれを聞いていたか――静馬様ならわかってくださると――」

深雪の声はいつしか涙声になっていた。

「あなたの言いたいことはよくわかったわ」

深雪が登場してからの長い間、なぜか一言《ひとこと》も発しない渚砂を腕の中にかかえたまま――静馬が低い声で言うと――。

「ありがとうございます」

深雪は短くそうとだけ言った。

そして静馬はほぅっとひとつため息をつき。

名残惜《なごりお》しそうに。

愛《いと》しげに腕の中の渚砂を見やった。

その視線に玉青《たまお》はドキリとした。

いつもの自信たっぷりな明るい静馬とは違う、なんとも言えない――胸が痛くなるような切なさと優《やさ》しさがそこにあったように見えたから。

「玉青、渚砂ちゃんと千代ちゃんを頼むわね」

玉青《たまお》のほうを見ずに静馬《しずま》はそう言って、動かない渚砂《なぎさ》の体をどさっと玉青に預けると。

――あ、渚砂ちゃんったらこれは！　玉青は初めて渚砂の様子《ようす》に気がつく。

深雪《みゆき》に目顔《めがお》で示して行きましょうと声をかけ――。

深雪はそれに応《こた》えて深く一礼すると、では早速《さっそく》手続きを――エントリーシートは生徒会室にございます――と小さな声で言った。

そして――。

2人はそろって足早《あしばや》にその場を去った。

銀色の髪《かみ》をなびかせる静馬の姿は、たちまち黒い木陰《こかげ》に見えなくなった。

「玉青お姉様《ねえさま》……静馬お姉様はいったいどうなさったのでしょう――」

しばらくの沈黙《ちんもく》の後で、千代《ちよ》がおずおずと言った。

「静馬お姉様はきっと――」

玉青は言いかけて、でもやめた。

「さあ、私にもよくわからないわ。でも今は――こうして私たちの渚砂ちゃんも手元に残ったことだし――」

腕の中の渚砂の顔を見る。

渚砂は目をつぶったままますぅすぅと規則正しく息をしている。

いつの間に寝てしまったのかしら、この子ったら！

静馬お姉様のキスに——本当に目を回しちゃった子なんて、前代未聞《ぜんだいみもん》よね。

——くすっ♡

玉青はとても平和な気持ちになった。

「上級生のお姉様方の考えてらっしゃることは私たちにはよくわからないことばかりよ。でも、いいじゃない、千代ちゃん。私たちはこうして……渚砂ちゃんと一緒《いっしょ》にいるんだから。3人で一緒にいちご舎まで帰りましょう。もうこうなったら遅れついでですもの、ゆっくり花でも摘《つ》みながら帰りましょ♡　大丈夫、シスターへの言い訳は私がしてあげるから。生徒会長の深雪お姉様の名前を出せばきっと問題なしよ。——実際私たち一緒にいたんだし——あの方ならアドリブの口裏《くちうら》合わせもきっとカンペキよ」

「はぃ♡」

千代は頼もしげに玉青を見上げて、それから渚砂の顔を覗《のぞ》き込んだ。

「あっ、渚砂お姉様ったら……すっかり眠ってしまっているみたい！　とっても幸せそうなお顔で——」

「そうね。素直な寝顔、まるで小さな子供みたい——」

玉青はそう言うと笑って、渚砂を揺《ゆ》すりだした。

「ほーら、起きて、起きて、渚砂ちゃん！　もうお家《うち》に帰るお時間よ♡　きっといちご舎ではおいしいケーキとお茶が待っていてよ？　小さなかわいい渚砂《なぎさ》ちゃん、起きなさーい！　起きないとおなかこしょこしょくすぐっちゃうから――」

風が吹いて渚砂の髪《かみ》が揺れ、同時に、まぶたがピクリと動きを見せた。

どこからか南の国のような甘い花の香りが漂《ただよ》ってきていた。

＊

ざわざわざわ……と。

いちご舎の廊下《ろうか》は夕食前の喧噪《けんそう》にざわめいていた。

行き交う少女たちの群れは思い思いに笑いさざめき合いながら、その日の出来事を報告し合ったり、その夜の予定などを語り合い、それぞれの行き先へと別れていく。

ここはいちご舎、ミアトル寮の深奥《しんおう》にある小ホール――食堂やサロンなどの共用施設が多くあるパブリックな一角である。

灰色のモザイク模様《もよう》の石でできた床《ゆか》のそのさらに1番奥に。

大きな樫《かし》でできた木の扉《とびら》があり――。

通り過ぎようとして目を留めた1人の少女がいた。

「あれ？　大浴場の札がクローズドになってる？　明かりはついてるみたいだし……今日《きょう》は夕食前のこの時間の入浴はナシだったんだっけ？」

＊

ザザザァ――ッ。

真っ白い湯気《ゆげ》の向こうに、波のような水音《みずおと》が響《ひび》く。

ミアトルの大浴場は、明るいテラコッタ風の大きなタイルが敷かれているローマ式のスタイルで、30人は入れそうな大きな浴槽《よくそう》には3カ所に大きな女神像《めがみぞう》が立ち、彼女たちの持つ水さしからは常にかけ流しのお湯がそそがれていた。

たっぷり浴槽からあふれたお湯が蕩々《とうとう》と床を流れている。

「ふぅ……いいお湯ね」

長い髪《かみ》をアップにまとめた少女がゆっくりと浴槽につかったままつぶやいた。

「そうですね――」

少し緊張《きんちょう》した面持《おもも》ちでもう1人の少女が返す。

「――この広い浴場に2人だけというのもめったにないことですから……」

いかにも真面目《まじめ》な声を発しているのは、濡《ぬ》れた黒髪《くろかみ》が美しい六条深雪《ろくじょうみゆき》だった。

「あら……くすくす♡」

するともう1人が笑《わら》って振り向く。

「そんな嫌味《いやみ》ったらしく言わなくても――たまにはいいじゃない、こんなイタズラくらい？」

湯気《ゆげ》の向こうからでもわかる美しい彫像《ちょうぞう》のようなその顔は──花園静馬《はなぞのしずま》だった。

「誰かさんのおかげでこれからいろいろとやることが増えそうだから──」

たぷん──と。

お湯の音がして、静馬が深雪《みゆき》のほうに近づいてくる。

「ゆっくりしたかったのよ。以前はよくこうして──2人で内緒《ないしょ》の話をしたものじゃない？」

ザザ──ッとお湯があふれる。

「ええ──1年前までは」

「1年？　あれからもうそんなに──いいえ、まだそれしか経《た》っていない──のかしら、ね。なんだかあれからもっともっと長い時が過ぎたような気もするし──でも、ついこの間のことのような気もするわ」

「──はい」

短く返事をする深雪の前に、向かいあわせに静馬が座った。

「あら、深雪もそう思っていて？　……ふふっ。ねぇ、あのときのことをお話しできるのは、今ではきっと深雪たちくらいしかいないのね──」

「──でも、静馬様がこうしてあの頃のことをお話しになるのは初めてですわ」

深雪は真剣《しんけん》な顔で返した。

そしてこんなふうに明るくお笑いになることも──深雪は強く思う。

「あら、そうだったかしら？」

くすくすくす――そうとぼけて笑いながら、静馬は思った。

そういえば、こんなに伸びやかに――晴れ晴れとした気分になったのは、ずいぶん久しぶりかもしれない。何か楽しいことがこの先に待っているような、思いっきり派手《はで》なことをしてみたくなるような――長い間忘れていた未来への高揚感《こうようかん》。

「深雪のことだから、てっきり――私《わたくし》のこの気分を察知《さっち》してひっかけてきたのかと思ったわ。あんな泣き真似《まね》なんかして――玉青《たまお》ですらすっかり瞞《だま》されていたじゃない？　さすがね。でも私《わたくし》は――初めからあなたがエトワール選を捨てるわけはないと思っていたわ。もちろん私《わたくし》はさらさら出る気はなかったけれど――」

そう言って向き合った姿勢のまま、深雪のすぐ隣《となり》にまで近づいた静馬は、深雪の頬《ほほ》に触《ふ》れんばかりのところまで顔を寄せ、言った。

「でも、いいわ。ひっかかってあげる。今回に限っては――」

「静馬様！　私はひっかけてなど――」

そう言いかけた瞬間《しゅんかん》。

うっ。

深雪《みゆき》の柔らかな胸のふくらみに、静馬《しずま》のしなやかな指がくい込んでいる。

「――いいの。今回はあなたと私《わたくし》の利害《りがい》が一致《いっち》したっていうところね」

静馬はニヤリと笑ってからさらに声をひそめて――素敵《すてき》な裸ね、深雪ちゃ゛ん♡　と言った。

そしてそのまま深雪のわきを通り過ぎ、浴槽《よくそう》の端《はし》まで来るとざばーっと派手《はで》な水音《みずおと》をたてて静馬が立ち上がる。

モウモウと湯気《ゆげ》が立ち上《のぼ》り、その姿に深雪は思わず目を伏せた。

堂々と立ち上がる静馬の一糸《いっし》まとわぬその姿はあまりに――。

あまりに――。

――神々《こうごう》しくて。

「よかったら洗ってあげましょうか？」

静馬が顔だけ振り返る。

「いえ、そんな畏《おそ》れ多い――」

目を伏せたまま深雪が赤くなる。

「あら、もうのぼせたの？　ほっぺが真っ赤よ、深雪ちゃ゛ん」

静馬は1人そう言ってくすくす笑うと、洗い場のほうへと去っていった。

湯気の向こうに静馬の姿が消え。

――ああ……怖《こわ》かった。

やっぱり1対1で対する静馬《しずま》様は迫力《はくりょく》がある――静馬の追求《ついきゅう》をなんとかやりすごすことができて、深雪《みゆき》は胸を撫《な》でおろした。

と同時に、静馬に見込まれたという編入生に少しだけ同情した。

＊

「ねーねー、玉青《たまお》ちゃーん」

その夜。

渚砂《なぎさ》は少し興奮《こうふん》していた。

今日《きょう》はなんていうか――めくるめく1日だったのだ。

「ねーねーねーってば！」

玉青と同室になって1週間と少し。

こんなときはたいてい2つ返事、いつもうるさいくらいにかまってくる玉青なのに――返事がない。

「ねーねー、パックってこうやって使うのでいいの？」

仕方なく渚砂が向き合っていた鏡からくるりと振り向くと。

「ぷ――っ、くくくくっ」

ぼんやりとベッドサイドに腰を掛けて髪《かみ》をとかしていた玉青が噴《ふ》き出した。

「な、渚砂ちゃんったら……ぷっ、くくくっ♡」

笑いが止まらないらしい。

「あれー、やっぱりなんかヘンだった？　でもこれってつけちゃうと目がふさがれて見えなくなっちゃうから……」

玉青が近づいてくる気配《けはい》がする。

「ばかね、これじゃあのっぺらぼうになっちゃうじゃない。目のところは開《あ》けるのよ、ミシン目が入っていたでしょう？　ほら……」

玉青のひんやりした手が渚砂の顔の上を軽く跳《は》ね――。

「あ……見える」

渚砂の目の前が明るくなった。

「そっかー、目は出すのか……でもなんかこの目の部分のシートも美容液でべったべただったから、きっとちゃんと使うんだろうなーって思って……」

玉青がくれた美容液１本分の成分入りというマスクは肌にひんやりと気持ちよかった。

「そんなことしたら目にしみちゃうじゃない。大丈夫だった？　痛くない……？」

玉青が渚砂の顔に手を掛けてその目をじーっと覗《のぞ》き込んだ。

大きく近づいた玉青の瞳《ひとみ》に、渚砂のデスクのライトが反射してキラキラと輝《かがや》いている。

「うん大丈夫……玉青ちゃん、おめめキラキラだね」

「ばっ……な、何言ってるのよ！」

玉青《たまお》が珍しく照《て》れて横を向いた。

「あ、ごめんつい……」

思ったまんまを言っちゃう癖《くせ》があるんだよね、と渚砂《なぎさ》は少し反省しながら、照れて黙《だま》ってしまった玉青に驚《おどろ》いた。

この1週間、食堂での夕食の後はいつもみんなでサロンで過ごしたり、部屋にいても何かしら楽しいこと——ちょっとしたゲームや手仕事だったりおいしいおやつだったり——を用意して渚砂の気を引き立たせてくれた玉青だったのに、今日《きょう》のように口数《くちかず》の少ない姿を見るのは初めてだった。

「どうしたの？　玉青ちゃんなんだか元気がないみたい……」

「元気がない？　そんなことないわ、私は普通に元気よ」

そう言いながら渚砂のほうに弱く微笑《ほほえ》み返した玉青は、白いネグリジェの裾《すそ》をひるがえし、また自分のベッドのほうへと戻ってしまった。

本当におかしい。

こんなとき、いつもだったら、渚砂ちゃんが心配してくれるなんてうれしーっと、勢《いきお》いよく抱きついてくるのが玉青ちゃんなのに。

や、やだな、私ったら……いつの間にかそんなこと——き、期待してるわけじゃ全然、な、ないんだからっ!!

いけない妄想《もうそう》を大きく手で振り払って、渚砂は立ち上がった。

「ふぅ……」

玉青はため息なんてついている。

「ねー、どうしたのってば！　今日はなんかヘンだよ。渚砂でよければ相談にのるよ？」

「いぃのよ、渚砂ちゃんに言ったたって仕方のないことだもの」

「あー、そんなことないよ。そりゃあ渚砂はまだ編入したばっかりだけど、だんだんミアトルにも慣《な》れてきたなって自分でも思うし――」

「そんなこと言って……じゃあきっと、たった1日で静馬《しずま》お姉様《ねえさま》からいろんなコトを教わったのね！」

「そ、そんなこと――」

渚砂は思わず顔を紅《あか》くした。

「それはもちろん編入初日から玉青ちゃんがいろいろ親切にしてくれたおかげで――あ、そう言えば静馬様――うぅん、静馬お姉様って言えば今日《きょう》はいつの間にかいなくなっちゃったよね――どうしちゃったのか、玉青ちゃん知ってる？」

「やだ、渚砂ちゃんったら――覚《おぼ》えてないの？」

「へ？　覚えてないって？」

「だって――」

　ほとんどキスまでされてたのに――玉青《たまお》はひとしきり口をぱくぱくさせてから止まった。

「――ま、いいわ……忘れているのならむしろ都合《つごう》がいいってものよね」

「え、なんて言ったの？」

「ぅうん、いいのいいの、こっちの話♡　静馬《しずま》お姉様《ねえさま》は何か生徒会長に急用ができたので行かれたみたいよ」

「生徒会長さんに!?　うわあ、やっぱり静馬お姉様って偉《えら》い人なんだね、生徒会にも出入りしてるんだ……あれ、でも、全校一の憧《あこが》れのお姉様って言うんなら、なんで静馬お姉様が生徒会長じゃないの？」

「ああ、ミアトルの生徒会長は基本的に受験のない5年生が務《つと》めることになっているし、5年生の去年は――あの方はエトワールにおなりだったから……」

「えとわーる？　そう言えば、静馬お姉様もどこかでそんなこと言ってたような――〝えとわーる〟っていったいなんなの？　やっぱり生徒会の何かのお役目？」

「渚砂《なぎさ》ちゃんったら、エトワールについて知りたいの？　そう――ちょっぴり難《むずか》しい質問ね」

　玉青はなぜか珍しく顔を曇《くも》らせた。

「エトワールっていうのは、この学校の――いいえ、私たちの通うこの聖ミアトル女学園とお隣《となり》の聖スピカ女学院、聖ル・リム女学校の3校を合わせた大アストラエアの象徴《しょうちょう》と言えるわね。全生徒の中から1年に1度選ばれるの。みんなの憧れ、敬愛の的《まと》、模範《もはん》となるようなそんな方がね。普通のミスコンなんかと違うのは、容姿《ようし》よりも学内のすべての生徒たちから愛されるべき人間性が問われることと、個人が選ばれるのではなくて必ず2人、カップルで選ばれるところね。組み合わせは自己申告《じこしんこく》なのだけれど、たいていが静馬お姉様のような素敵《すてき》なお姉様タイプにかわいらしくて賢《かしこ》い妹タイプがセットになるわ。姉妹《しまい》のようにいたわりあい愛し合って暮らすことのお手本——象徴《しょうちょう》としてね。でもその実情《じつじょう》は、本当に愛し合うカップルの場合もあれば、ただ傍目《はため》にもつりあった生徒の模範《もはん》としてお似合《にあ》いの形だけのカップルということもあるわ——」

そこで玉青は少し遠い目をした。

「エトワールは新学期の始まる4月から3カ月間、毎月1回の選抜行事《せんばつぎょうじ》を経《へ》て決定されるの。1学期の終業式の前に戴冠式《たいかんしき》があって——その後夏休み以降の文化祭とか主な行事には必ず開会宣言とか何かのお役目で参加されることが多いから、これからエトワールが決まれば渚砂ちゃんも目にすることになるわよ。生徒会長などとは違って何かを決めたりする実質的な権限《けんげん》はない、言ってみれば名誉職《めいよしょく》だけれど——そんなことよりもっとずっと意義のあるロイヤルなお立場のお役目ね」

「ふぅん、そっかー、なんかわかる気がするかも。さすがの玉青ちゃんも敬語になっちゃうくらいスゴイお役目なんだね？」

「いやぁね、私はいつでも上級生のお姉様方《ねえさまがた》に対してはきちんと敬語でお話しさせていただいてるわよ。でも——たしかにそうね、そんなところもあるかもしれない。エトワールの聖なる冠《かんむり》をかぶられた方には……なんて言うのかな、まるで魔法にでもかけられたような、えも言われない高貴《こうき》な輝《かがや》きが備《そな》わるものなのよ。この丘に暮らす者なら誰もが愛し仰《あお》がずにはいられないような——。そう、静馬《しずま》お姉様は今だってとてもお美しくて自信にあふれていらして、それはそれは素敵《すてき》な方だけれど、エトワールでいらしたときのあの方は……本当に光り輝いて誰もが見惚《みほ》れずにはいられないような、近寄りがたいような、そんな女神《めがみ》のような存在《そんざい》でいらしたもの……」

そんな——今だって十分渚砂《なぎさ》の目には女神様のように見えているのに。

渚砂は一生懸命《いっしょうけんめい》エトワールになった静馬の姿を想像《そうぞう》してみようとした。けれど、そんな静馬の姿は渚砂の想像の限界を超えていた。

そして、それは静馬の隣《となり》にいるはずのパートナーの少女の姿をも含めて——。

でも、ふと横を見ると玉青の目が恍惚《こうこつ》と輝いていて。

渚砂はなんとなく。

玉青の気持ちがわかるような気がした。

「ねぇ、玉青ちゃんもなってみたいの？　エトワール——渚砂、きっと玉青ちゃんならなれると思うな。うん、だんぜん応援《おうえん》しちゃう！」

玉青は急に焦《あせ》ったように立ち上がった。

「いっ、いやだわ、そんなこと……私なんてエトワールの位《くらい》を汚《けが》すばかりよ。それに……まだ4年だし。あ、それに今年はね、スピカに――超大型王子様がいらっしゃるの。誰もが今年のエトワールはプリンス天音《あまね》で間違いなしって思ってるわよ」

「――超大型王子様!?」

「そう、たいていのことはミアトルびいきの私たちでも、今年ばかりは仕方ないかなって思わせられちゃう、超大型王子様♡」

「王子様って――女だよね？」

渚砂は一応聞いてみた。

「ぷっ……やだ渚砂ちゃんたら。まだまだ初心《うぶ》なのね♡　ええ、もちろん性別で言ったらフィーメイル、女の人よ。でも渚砂ちゃんも一目《ひとめ》見たらわかると思うけど……まあ、どこから見ても、王子様なのは間違いないわね」

「ふうん……そうなんだー、渚砂、早く見てみたいな♡」

「あ、渚砂ちゃんったら、この浮気者！　静馬お姉様に言いつけてやるから♡」

玉青がふざけて手をあげる。

「あーそれはなんか、また大変なことになるかも……」

思い浮かべて渚砂は少しげっそりし、でもその裏側でなぜかとてもドキドキした――。

「もう寝たほうがいいわ」

そして渚砂《なぎさ》は無理矢理ベッドに入れられた。

「ちょ、ちょっとぉー、まだパックが……」

「大丈夫、渚砂ちゃんが寝付くまで私がそばで見ていて、時間がきたらはがしてあげるから」

「そんなの自分でするからいいよ！」

「だめだめ、渚砂ちゃんに任せておいたら、また何か変なコトして起こされるに決まってるんだから！」

「いくらなんでも大丈夫だよー、あとははがすだけ――」

「うるさい！　つべこべ言ってると、一緒《いっしょ》のベッドに入っちゃうわよ!?」

「うぅ……わかったよぉ……」

なんでこんなことが脅迫《きょうはく》になるんだろう――そう思いながら、渚砂はベッドに埋《う》まった。


まあ、もうなんでもいいや……。

今日《きょう》はなんだかいろいろなことがありすぎて――ちょっぴり渚砂はパニック気味《ぎみ》。

明日《あした》もこんなふうだったらと思うと正直頭痛いケド、でも――

――なんだかハッピーな気持ちもしちゃう渚砂は、神様、ちょっぴり変な子でしょうか？

そして5分後。

「ね、渚砂ちゃん、こうしているのもタイクツだから——やっぱり一緒に隣《となり》に寝てもいい？」

「うわっ、うわわわわわぁっ！　玉青《たまお》ちゃんくっつきすぎだよぉ！」

玉青がいきなり渚砂のベッドに侵入《しんにゅう》してきて、玉青のネグリジェのシルクがさらさらと渚砂の頬《ほほ》に触れ、優《やさ》しい石けんの香りがした。

えーい！　もうなんでもいいや！

とにかく。

明日もいい1日でありますように！

渚砂は強引《ごういん》に自分のベッドに入ってきたくせに——それでもほんの少しだけ渚砂の機嫌《きげん》をうかがうような目の色をしている玉青を見てなんだか優しい気持ちになった。

「じゃあ、今日は一緒に寝ちゃおっか！　このほうがあったかいもんね♡」

「——渚砂ちゃん♡」

＊

こうしてミアトルの早春《そうしゅん》の1日はようやく終わった。

このときの渚砂には、エトワールなんてまだ本当に遠くに輝《かがや》く宇宙の星でしかなかった。

# 第3章

## 第17日
## 真っ白い星の王子は道端の菫と恋に落ちる

「王子だわ！」
「王子様♡」
「王子様がいらっしゃったわ……」
居並《いなら》ぶ乙女《おとめ》たちのささやき声がさざ波のように広がる。

ここは白い朝の陽射《ひざ》しに輝《かがや》く聖スピカ女学院正門《せいもん》前。

朝の名物《めいぶつ》、星の王子のお出迎《でむか》えである。

スピカホワイトと呼ばれる真っ白い制服に身を包んだ少女たちが、正門前から並んで2つの列をつくっている。

みな一様《いちよう》に期待に胸をふくらませ、頬《ほほ》をピンク色に染め、いそいそとそわそわと。

その中央を花道《はなみち》のようにあけて。


その列を前に。

懊悩《おうのう》している人物《じんぶつ》がいた。

ああ、頭がクラクラする——毎朝のことだけれど。

どうしてこんなふうにしないと学校に行けないんだろうか。

はなはだ疑問《ぎもん》だ——毎朝のことだけれど。

この道を進んでいくしかないんだろうか——。

このままずっと——？


はあっ……。

鳳《おおとり》天音《あまね》は心の底から深いため息をついた。

そのとき、リーンゴーン。

遠く乙女《おとめ》苑《えん》のほうから、古風《こふう》な鐘《かね》の音《おと》が低く響《ひび》いてきた。

8時15分を告《つ》げる予鈴《よれい》の鐘の音だ。

まただ。

仕方なく、一歩を踏み出す。

「いよいよね——」

「いらっしゃるわ♡」

どうやら、いつも8時過ぎには校門に到着《とうちゃく》しているらしい天音《あまね》。

〝王子〟様の踏ん切りがつかなくてこの時間まで粘《ねば》ってしまうのは〝毎朝のこと〟なのらしい。

待ちこがれた乙女《おとめ》たちは、ついに踏み出される一歩にワクワクと胸をふくらませた。

仕方がない、行くしかないんだ——と必死に天音は自分に言い聞かせる。


そして。


「おはよう——」

凛《りん》とした声で力強く、朝の挨拶《あいさつ》の言葉《ことば》を押し出す。

その瞬間《しゅんかん》から。

天音の顔は紛《まご》う方《かた》なき王子に変わる。

自分では全然自覚《じかく》していないけれど、長年振られた役割になじんできて——もうすっかり身に付いてしまっているのだ。学園のプリンス役が。


待ちかまえていた少女たちは喜びに身を震《ふる》わせてプリンスをお迎えする。

「おはようございます」

「今朝《けさ》のごきげんはいかがですか？」

「天音様の１日に神様の篤《あつ》いご加護《かご》がありますように」

口々に考え抜いたご挨拶を述《の》べながら、スカートのスソを持って礼をする。

西洋式のレベランス。

短いスピカの制服のスカートの両端をむりやりつまんで小さく広げ、右足を後ろに引いて折り、ひざまずくように身をかがめる。そしてゆっくりと優雅《ゆうが》に頭を垂《た》れ――もしスピカの制服が白じゃなく黒くて、頭上に白いヘッドピースが付いていたら、もうこれはそのまんま王子に仕えるメイドの列だ。

その列の中央を天音が通っていくのに従って、競技場のスタンドに湧《わ》き起こる観客席のウエーブのように、次々と美しくお辞儀《じぎ》の波が流れていく。

さわさわさわさわ――。

衣擦《きぬず》れの音だけが響《ひび》く。

一糸《いっし》乱《みだ》れぬ、辺《あた》りを払うような気品《きひん》ある光景。

そしてそれらを睥睨《へいげい》しているはずの天音が――実際はそんな光景を見たくなくて真《ま》っ直《す》ぐ前だけを見て歩いている、その天音の歩みが列の終わりに近づく頃。

ようやくその日の朝の儀式《ぎしき》の終了に天音の胸の重しが取れかかる頃――。

並んだ列の最後尾《さいこうび》から１人の少女が中央へとそそと進み出た。

「ああああああああまねさまっ！」

緊張《きんちょう》のあまり口がもつれている。

「はい」

天音《あまね》はしっかりと相手の目を見据《みす》える。

こうなったら仕方がない。

今日《きょう》もこれで解放されるのだ。

覚悟《かくご》ができて歩き出した天音は強い。

「あああああああのあのあのっ……」

乙女《おとめ》は緊張《きんちょう》のあまりトイレに行きたくなる。

でもぎゅうっと太腿《ふともも》をくっつけあって我慢《がまん》する。

「なに？」

天音が優《やさ》しく首を傾《かたむ》ける。

少しだけハスキーな低い艶《つや》のある声。

同時にはらりと前髪《まえがみ》が額《ひたい》にかかって、天音の瞳《ひとみ》が薄い影の中から淡《あわ》く輝《かがや》く。

「あっ、ああっ——」

でもその優しさは逆効果だった。

もう乙女は倒れる寸前《すんぜん》だ。

仕方がない――。

こうしていても埒《らち》があかないから――。

落ち着いた声で天音が問いかける。

「何か渡すものがあるんじゃないの？」

乙女の手には黄色いリボンのかかった小さな包みが握《にぎ》られている。

「はははははははいいっ！」

ギュウウッと握りしめられた包装紙に湿《しめ》ったしわが寄った――。

＊

毎朝のことなのだ。

これは天音から言い出したことだ。

それまでは毎朝、天音のところに個別に下級生からの訪問があった。

緊張《きんちよう》に頬《ほほ》を染めながらチマチマと来意《らいい》を告《つ》げ、なかなか手渡せないプレゼントの包みを握りしめて包装紙に湿ったしわを寄せる。

朝、学院にやってきて、ドアを開《あ》けるたび、廊下《ろうか》の角を曲がるたびに待っているこの攻撃《こうげき》のために、天音はいつも遅刻《ちこく》しそうだった。

そこで要望《ようぼう》を出したのだ。天音ファンの少女たちの間では〝アドニス勅令《ちよくれい》〟と呼ばれるこのおふれ。

天音《あまね》様の出待ちは今後一切《いっさい》、朝の登校時のみ、正門《せいもん》前に限る。

その際《さい》の贈り物も1名のみに限ること――。


天音は本当は贈り物なんてひとつも欲しくなかった。出待ちだってしてほしくなかった。けれど、そう言ったら、現スピカ生徒会長の冬森詩遠《とうもりしおん》にたしなめられたのだ。

「そんなことをしてしまったら、かえって抜《ぬ》け駆《が》けを狙《ねら》う子がいっぱいになって煩《わずら》わされることになりますよ？　一切のファン活動を禁止してしまうのは得策《とくさく》ではありません。逃げ道は用意しておいたほうがいいのです。圧力鍋にはいつだって正しい空気穴が必要なんですから――」


さすがにやり手の生徒会長になっただけのことはあると天音は感心した。

詩遠のことを思い浮かべる。

雪の女王と一部で人気のあの子。天音から見たら元気でやり手で――でも、天音に無理難題《むりなんだい》を押しつけてくる相手だ。

天音が一番やりたくないことを山のようにさせようと思っている相手。

私なんかよりも詩遠のほうがずっと美人でかわいいと思うのに。

同じ学年の生徒会長の栗色《くりいろ》の長い髪《かみ》と、美人顔の秀《ひい》でた額《ひたい》を思い出す。

なんで私なんだろう——。

自分の中性的なルックスが下級生を引きつけていることにまるで実感のない天音は思った。長身にショートカット、凜々《りり》しい表情に男らしいしゃべり方——そんなものに人が惹《ひ》かれるということがまったくわからないのだ。

背が高いのはただの偶然《ぐうぜん》。

髪が短いのは乗馬をするのに邪魔《じゃま》だから。

いつも1人でいるのは、女の子がチマチマつるんでるのは面倒《めんどう》くさいし、「素敵《すてき》だわ♡」なんて恥《は》ずかしくて言っていられないだけ。

他の女の子とおしゃべりしているよりは、愛馬と語らっているほうが楽しい——。

天音にしてみればどれもありふれた現実だった。

私にはファン心理なんて少しもないけれど、もし私だったらもっとかわいらしい子のファンになるのに。

そのとき、天音の脳裏《のうり》に1人の少女の面影《おもかげ》が浮かびそうになった。

が、思い直す。

あの子は——そういうんじゃない。

天音はそれを打ち消した。

でも、考えてみれば〃勅令《ちょくれい》〃以前の、山のようなプレゼントを毎日もらう生活から考えたら、ずっとマシになったのは確かだ——ただ、また今日《きょう》も中身が甘いクッキーとかじゃないといいんだけれど——。


包みを受け取りながら少しボンヤリした天音《あまね》の手が。

うっかり乙女《おとめ》の手に触《ふ》れた。

「あっ……あああああああっ……」

乙女はついに、バタリと音をたてて派手《はで》に卒倒《そっとう》してしまった——。

*

「すごい……」

聖スピカ女学院3年アン組・此花光莉《このはなひかり》は思わずつぶやいていた。

華奢《きゃしゃ》な肩にかかる辺《あた》りでくるりとカールさせた明るい髪《かみ》は朝日に輝《かがや》き、繊細《せんさい》な美しい顔立ちながらふだんは心細げなその表情も、今朝《けさ》はいつにない晴れやかさに満ちている。

か細《ぼそ》い上半身にやけに大きく映る鞄《かばん》を大事《だいじ》そうにかかえて——今日が光莉の本当の学院デビューの日——ミニスカートはまだ少しだけ恥ずかしいけれど、ずいぶん慣《な》れてきた。——でもやっぱりまだ少し内股《うちまた》になっているのは癖《くせ》なのだろうか。

この学院に編入《へんにゅう》してきて約半月。

天音様の朝のお出迎《でむか》え行列《ぎょうれつ》。噂《うわさ》に聞いてはいたけど、この光景は今日初めて見た。

これまでは、シスターたちによる編入生のためのスピカ学院レクチャー、早朝特別集中講義のために、光莉はいつも他の生徒たちよりも、朝早く来ていたのだ。

あんな——あんなにスゴイ方だったなんて……。

校舎のエントランスの片隅《かたすみ》に立って、壮観《そうかん》な光景に目を奪《うば》われながらも、光莉は少しだけチリチリと心が震《ふる》えた。

美しい雲の上の方にときめく気持ちと、自分にはあまりにも場違いに思える今の立場に——。

あのとき、あの方に2人きりでお会いしたことは、もしかしたら私の都合《つごう》のいい夢だったのではないかしら……。

「天音様ワナビーズね——」

と、そのとき、隣《となり》でとろりと艶《つや》のある声がした。

「あっ、夜々《やや》ちゃん——」

見るとそれは、同じクラスの南都《なんと》夜々だった。

堂々とそこに立っていた彼女は——張りのある真《ま》っ直《す》ぐな長い髪を揺《ゆ》らし、メリハリのきいたグラマラスな体形を強調するかのような制服のミニスカートがとても似合《にあ》っている。ちょっとだけ吊り上がった目と少しだけ開《あ》き気味の口元が、とても色っぽく感じられて——自分と同じ年とは到底思えないと光莉《ひかり》は初対面《しょたいめん》から思っていた。そして今朝《けさ》も――夜々《やや》はその存在《そんざい》ごと、艶《つや》めいて女らしく見えた。

「うふふっ……おはよう、光莉ちゃん。今朝もとってもかわいくてよ♡」

「あっ、ありがとう……」

光莉は図書館での出来事を思い出したのか――つい照《て》れて下を向いてしまった。

――勝負下着のチェックだなんて言ってパンツ見ようとするんだもの、恥ずかしい――。

そんな光莉を満足げに見やって夜々は言う。

「光莉ちゃん、やっと特別講義終わったのね？　うれしいわっ！　これからはこうして朝は、ぜひぜひご一緒《いっしょ》しましょ。いちご舎から学校まではすぐだけれど、私、ほんの少しでも光莉ちゃんと一緒にいたいわ♡　どうせ天音《あまね》お姉様《ねえさま》とはご一緒できないんだし――ね、いいでしょ？　うふふふっ」

光莉の心境をよそに、夜々はあたりまえのように光莉の腕を取って笑った。

「うん……」

しかしどこか暗い声で光莉が返事をする。

その目は――叫び声をあげて倒れてしまった生徒をハッシと抱きかかえて、誰か保健室に――と叫《さけ》んでいる天音の姿に釘付《くぎづ》けになっていた。

「……そんなに気になる？　天音様ワナビーズ」

夜々がつまらなそうに言う。

「そ、そんなこと——でも、天音様ワナビーズって……？」

夜々に遠慮《えんりょ》しながらも、でもそう問わずにはいられない光莉の憂《うれ》いのある表情に夜々は少しだけゾクゾクした。憂い顔もいいわね——光莉ちゃんって図書館でも思ったけど、やっぱりちょっとイジメたくなるタイプだわ——。

「天音様の——ファンクラブっていうところかしら？」

わざとそっけなく夜々は言った。

「昔は公式親衛隊《しんえいたい》みたいなものがあったんだけど、天音お姉様の学年が上がるのにつれてファンの数が増えていって……対応しきれなくなったみたい。組織は解散されて、今は非公式ないくつかのグループに分かれてるみたいね。ご本人のご要望で、実際天音お姉様へのファン活動もこの朝の校門前の謁見《えつけん》だけに限られてきたし——」

そう言いながら夜々はカバンを持った手を振り上げて、腕の中の少女の上にかがみ込んで大丈夫？　とその顔を覗《のぞ》き込んでいる天音の姿をさし示した。

「やだ、キスしてるみたいね、あれ♡」

えっ——光莉が振り返ってみると、たしかに見ようによってはそう見えるのかもしれないけれど——光莉のいる角度からは顔と顔がまだしっかりと離れているのが見えた。

その代わり。少女の顔が真っ赤になり、うれしさのあまり天にも昇《のぼ》る心地《ここち》であるのが見て取れた。

光莉《ひかり》はつと目を伏せた。

ちりちりちり、と。

やっぱり心が震《ふる》える。

なんだか胸が痛い——。


「だから今では、天音《あまね》お姉様《ねえさま》のファンだっていう人のことをおおまかに総称《そうしょう》して、天音様ワナビーズって呼んでいるのよ。会員証とかそんなのはもちろんないけど、王子に仕《つか》えるっていう意味で、白いレースのリボンのチョーカーを目印につけてる人が多いみたい。メイド風なイメージってことなのかしらね？」

淡々《たんたん》と夜々《やや》は続けた。

そして急に光莉のほうに向き直る。

「どうする？　光莉ちゃんもつけてみる？　ワナビーズの白いチョーカー……思い思いにとっても凝《こ》ったのを作るらしいわよ。光莉ちゃんなら似合《にあ》うと思うわ、スレイブな感じがしてきっとステキよ——」

夜々がぐっと顔を近づけた。

どうやら光莉の考えてることは見抜かれているらしい。

夜々の視線がまぶしかった。

光莉は思わず目を伏せてしまった。

「そ、そんな……光莉はまだ編入してきたばっかりだし——天音様のことだってよく知らないし……」

「あら、そんなこと関係ないのよ！　あそこにああして並んでる子たち、たぶん、ほとんどが天音お姉様と一言《ひとこと》も口をきいたことのない子たちよ？　それに比べたら光莉ちゃんなんて、あんなに天音お姉様に愛されて……ああっ、夜々ったら困っちゃうわ！　もう——どっちに嫉妬《しっと》したらいいのかしら。美しい天音お姉様になのか、それともそんなお姉様に愛される光莉ちゃんになのか——」

光莉をからかって夜々がおおげさに身悶《みもだ》えする。

「そ、そんな——愛されるなんておおげさだよ……」

でもそのとき、光莉はあの夜のことを思い出して少しだけ。

ふんわりうれしくなった。

薔薇色《ばらいろ》の雲に乗ったような気がしたあの夜。

それは聖スピカでのそれからの光莉の生活のイメージを大きく変えてしまうのに十分な出来事だった。

運命の出会いだったかもしれないと——光莉に思わせるほどに。

光莉《ひかり》は泣いていた。

＊

今になってみれば、ホームシックだったのかもしれない、と思う。

聖スピカ女学院に、そして付属の寄宿舎《きしゆくしや》であるいちご舎に光莉がやってきて数日が過ぎていた。

いちご舎は聖ミアトル女学園、聖スピカ女学院、そして聖ル・リム女学校の3校の寄宿生を預かる施設だ。学校からは広大な乙女苑《おとめえん》を挟《はさ》んでアストラエアの丘のほぼ真裏《まうら》、正確に言えば、乙女苑の敷地の東端《ひがしはじ》の一角《いっかく》に造られている。

いちご舎はほぼ同じ大きさの直方体《ちよくほうたい》の建物が三角形をなす形で建っている。

真ん中は中庭。それぞれの建物は、ミアトル寮《りよう》、スピカ寮、ル・リム寮と学校ごとに分かれていて、独立している。

各寮は中庭の上に渡されたちょっとだけスリリングな三又《さんさ》の中空回廊《ちゆうくうかいろう》、通称・お鈴廊下《すずろうか》と呼ばれる渡り廊下だけでつながれていた。

いちご舎では、基本的に各寮の間で自由な行き来はできない。

他校の寮へ行くためには、舎監《しやかん》のシスターの許可《きよか》が必要だ。

そのためお鈴廊下は各寮舎の中央に設《もう》けられている正面《しようめん》玄関の吹き抜けの2階部分、まるで玄関を見張る監視所《かんしじょ》のように張り出して設けられている寮母室《りょうぼしつ》のすぐ近くへと続いている。

そこへ通じる階段は細く隠されるように造られてあり、吹き抜けの壁面に唐突《とうとつ》に現れた廊下への入り口は、まるでエッシャーのだまし絵のように不思議《ふしぎ》な、どこか禁じられた空間の雰囲気《ふんいき》を漂《ただよ》わせていた。

そしてお鈴廊下を渡るとき、生徒たちは入り口にある大きなベルを鳴らして名乗るのだ。

「聖スピカ女学院3年アン組、此花《このはな》光莉、通ります――」

誰もいない廊下に向《む》かってベルを鳴《な》らし、名乗るのは、その廊下から人を払うためと言われている。

いったいなんのためなのか、いつの頃から決められたのかはわからない、不可思議なお鈴廊下の厳しいルール――。


今年のスピカ寮への新入生は光莉1人だった。

スピカ寮《りょう》では、新入舎生は最初の2週間は1人部屋に入れられる。

引き回しのシスターは親切だったし、寮母先生も優《やさ》しかった。寮長の5年生はとても聡明《そうめい》そうで、ちょっぴり近寄りがたい感じはしたけれど、上級生とは思えないほど丁寧《ていねい》な態度で、光莉を扱ってくれた。「わからないことがあったらなんでも聞きに来て」とも言ってくれた。

部屋は古い歴史を感じさせる様式《ようしき》だけれども、とてもきれいでアールデコ風のスタンドライトがあったり、美しい物を見るのが何より好きな光莉《ひかり》好みの雰囲気《ふんいき》だ。
でもやっぱり――。
1人部屋にいるとなんだか淋《さび》しくなった。
家にいたときは部屋で1人でいるのは全然平気だったのに。
却《かえ》って1人で部屋で紅茶を入れて、美しい絵画集なんて見るのは大好きだった。
でもここでは。
思い立って本棚からお気に入りの1冊を持ってくる。
ギュスターブ・モロー。
いつもならページを開くとたちまち吸いこまれそうな気持ちになるのに。
今日《きょう》はなんの感動も訪れてはくれない。
上《うわ》の空《そら》で涙が1粒こぼれ落ちた。
ぽたり――。
いてもたってもいられなくなって、光莉は部屋を出た。
そして気がつくと光莉はお鈴廊下《すずろうか》の入り口にいた。
他の寮に用なんてもちろんないけれど、ここにいれば、スピカ寮の正面玄関《しょうめんげんかん》が見える。
外の世界へ通じる扉《とびら》――。

エントランスのところは何かしら人の行き来があるし、寮母《りょうぼ》先生やシスターに見つかったらきっと心配をかけてしまう。

お鈴廊下の中に入ってしまえば、そこは驚《おどろ》くほど人の気配《けはい》がなくて、誰の目にも留まらなさそうだった。

廊下には毛足の長い濃《こ》い桃色《ももいろ》の絨毯《じゅうたん》が敷いてある。

すべらかにそろった毛並みは美しく、誰の歩いた跡《あと》もなかった。

どうやらこの廊下はあまり使われていないようだ。

壁《かべ》の陰《かげ》に隠《かく》れるようにしながら、光莉は正面玄関を見つめていた。


こんなところにいたってなんにもならないのはわかっているけれど――。

あの正面玄関の向こうに出たら、家に帰ることができる。

そんなにここがイヤというわけではないけれど――。

みんなステキな方たちばかりだけれど――。

光莉はなんとなくとけ込めない気持ちだった。

単に人見知りな性格がいけないだけかもしれないけれど、やはりスピカ生は上品《じょうひん》な人が多くて、みなどこか堂々としていて、話しかけたらジャマになってしまいそうで――光莉はそんなふうに感じてしまっていた。

アールデコ調に鋼《はがね》で象《かたど》った蔦《つた》の萌《も》え広がるガラスの玄関をながめながら、とりとめもなく考えていると、いつしか目の前のガラスに反射するエントランスの光がにじんでぼやけて見え始めた。

そこまで悲しいわけじゃないって思っていたのに。

思い当たる理由もないのに――。

ぽたり――。

また涙がこぼれた。

リンリンリン。

そのときだった。

真下《ました》のエントランスのほうからハンドベルの鳴る音がして。

あわてて光莉《ひかり》は壁《かべ》に隠《かく》れるように後《あと》ずさった。

続いて声がした。

「聖スピカ女学院5年トロワ組 鳳《おおとり》天音《あまね》、入ります!」

少し低くて艶《つや》のある凛々《りり》しい声だった。

光莉は胸の奥がドキリとした。

いけない、こっちのほうに来る……！

あわててもっとちゃんと隠れられる場所を探した。

でも――。

どうしよう、何もない――。

もともとただの渡り廊下《ろうか》である。

トントントン。

中2階になっている渡り廊下への細い階段を上《のぼ》ってくる音がする。

光莉のいる場所からはその様子《ようす》は見えない。

早く早く、どこかに隠れなきゃ！

でも廊下の先は他校の寮舎。どこにも行く当てはない、袋の鼠《ねずみ》だ。

そして足音が止まった。

ああ、どうしよう……叱《しか》られる！

光莉が首をすくめて耳をふさいだそのとき。

「天使……？」

かすれた声でつぶやくのが聞こえた。

＊

そのとき天音《あまね》はル・リムの寮舎へと向かう途中《とちゅう》だった。

ル・リムの生徒会長、源《みなもと》千華留《ちかる》に呼び出されて。

あまりいい予感はしていなかった——きっとあのことだろう。

今度のエトワール選のこと。アレに出るように私を説得《せっとく》する気なんだ、きっと——面倒《めんどう》くさいな、と半分は観念《かんねん》しているくせに、やはり天音は憂鬱《ゆううつ》な気持ちになる。千華留とは昔よく馬場で一緒《いっしょ》になった仲だ。何かと世話《せわ》焼きな性格で他校生だというのに天音のこともよく心配してくれるけれど、今度ばかりは大きなお世話だと、天音は思っている。

エトワール位なんて——私に愛《いと》しい妹《カデット》なんて、そんなものはいらない。

と胸の内でつぶやいたそのとき——。

かたんと——小さな音がして。
階段を上りきったところにあるお鈴廊下《すずろうか》のほうから人の動く気配《けはい》がした。
誰だ——不審《ふしん》を感じてハッと頭を上げる。

するとそこには——
1人の天使がいたのだ。

廊下に付けられた暖《あたた》かな色のアークライトの真下で、彼女の腰までの巻き毛は金色《きんいろ》に輝《かがや》き、頭上《ずじょう》には艶《つや》やかなエンゼルリングが光っていた――。

小さな白い顔は繊細《せんさい》かつ高貴《こうき》な紗《しゃ》がかかった夢のように光り輝き、小柄《こがら》な体はいかにも愛らしく、細い肩は見てわかるほどいたいけに震《ふる》え――それはまるで清らかな天の御使《みつか》いが野蛮《やばん》な地上の者に見つかってしまった驚《おどろ》きにうたれているかのように――見えた。

そしてそこには実在《じつざい》しなかったけれど。

少女の背中の向こうに上に広げられた眩《まばゆ》く輝く白い大きな羽が――天音の目にはそのときたしかに――見えたのだ。

いつか――辺《あた》りには薄桃色のロータスの花びらが舞い、天上《てんじょう》の光が満ちあふれ、教会の鐘《かね》が鳴り、天使の歌声が響いていた――。

――天音の前に1人の天使が降臨《こうりん》したのだ。

＊

そして一方、おそるおそる目を開けた光莉《ひかり》は――。

ああ、いつの間にかぎゅっと目もつぶってしまっていた。いつもの癖《くせ》だ。怖《こわ》くなったときの光莉はまるで甲羅《こうら》に閉じこもったカメのようになってしまう――。

しかしその瞬間、光莉の目に飛び込んできた映像は――。

王子……様？

天音《あまね》のあだ名はダテじゃなかった。天音を初めて見たたいていのスピカ生は、何の予備知識もなく、やはりこういう感想を持ってしまうのだ。

今、光莉《ひかり》の目の前にはスカートをはいた王子がいた。

長身や髪形《かみがた》、スタイルといったディテールではなく、その空気と存在《そんざい》とが、光莉の本能《ほんのう》に王子様の到来《とうらい》を告《つ》げている。

プリンスの呪《のろ》い——天音にはそれがかけられているという笑い話もあった。

2人は引き寄せあう磁石《じしゃく》のように無言《むごん》で近づいた。

光莉は呆然《ぼうぜん》としていた。胸の内は先刻《さっき》まで、無断《むだん》でお鈴廊下《すずろうか》にいることをとがめられることへの恐怖《きょうふ》でいっぱいだったはずなのに、そんなことはすっかりどこかへいってしまった。

ただ目の前に現れた人に魅《み》せられていた。

そして天音は。

こんなに愛らしい子を初めて見た、と思った。

まるで天使のようだ——。

いや、かわいらしいというよりも、やっぱり……何かわからない理由で強く惹《ひ》きつけられる

のを感じる。身も心も。

目が離せない。

いてもたってもいられなくて、どこか体がウズウズとする。

鳳《おおとり》天音《あまね》17歳。

生まれて初めての感覚《かんかく》だった。

本人はまったく自覚《じかく》していなかったけれど——。

万人に愛される真白き星の王子様の——初めての恋だった。


「迷《まよ》ったの？」

天音が聞いた。

あっ——そうか、そう言えばよかったんだ——。

天音のその一言《ひとこと》で。光莉《ひかり》は急にほっとして、笑い出したいような気持ちになった。

「はい、すみません……まだ入舎したばかりで……」

緊張《きんちょう》の糸が切れて——。

そうなると少しはなめらかにしゃべれるようになる。

「そう——今年は編入が1人だけあるっていう噂《うわさ》は聞いていたけれど……キミだったのか」

天音が自分の存在《そんざい》を知っていてくれたことが光莉はなぜかとてもうれしい。

「はい」

「何年生？」

「3年です」

「何組？」

「アン組です」

「名前は？」

「あっ……此花《このはな》光莉です」

「光莉か――ステキな名前だね。よく似合《にあ》ってる」

「あ、ありがとうございます……」

2人の会話は訥々《とつとつ》としている。

突然、天音が言った。

「編入生だったら、まだ個室に入っているんだろう？」

「はい、そうです」

「――おいで」

「えっ？」

「案内するから」

光莉の目の前に、天音が手を差し出した。

光莉《ひかり》は一瞬《いっしゅん》驚《おどろ》いたけれど、なぜか。

なんのてらいもなくその手を握《にぎ》った。

優《やさ》しく、優雅《ゆうが》に。まるで王子にダンスを申し込まれたシンデレラのように。

2人の目と目が——見つめ合う。

うっとりと——まるで美しい夢の中にいるように——体が浮き上がるような気がした。

じっと見つめ合ったまま——目を離すことができない。

この古びた廊下《ろうか》の一隅《いちぐう》で——2人だけがこの世界から虹色に輝《かがや》くシャボンの玉に包まれて浮かび上がっていくような——そんな感覚を覚えた。どこまでもどこまでも2人だけで手を取り合って果てしない高みに昇《のぼ》っていけるような。

天音《あまね》の燃《も》えるような黒い瞳《ひとみ》がじっと自分を見つめている——そう思うと体が熱くなって、光莉は胸がときめくのを感じた。

天音の周りにある世界のすべてが輝いて見えた。

天音を取り囲む世界のすべて——そして光莉を取り囲む世界のすべてが。

光莉は自然に頬《ほほ》が緩《ゆる》んでくるのを感じ、幸せな気持ちになった。

天音に手を引かれて自室までの道を歩く。

道々、天音はやはり訥々《とつとつ》と学校の話をしてくれ、その間もずっと手は握られたままだった。

それがどんなにあり得ないことかそのときの光莉は知らなかった。

# 第4章

## 第21日
## 戦いの兆しを告げる鶏の声は3度啼く

その日。

昼下がりの聖ル・リム女学校。

多くの生徒たちが思い思いに麗《うらら》かな春の陽射《ひざ》しと戯《たわむ》れている明るい中庭の中央——アストラエア掲示板に1枚の張り紙が出された。

「あら、何かしら？　何か新しい張り紙が——」

「なぁに？　何か変わったことでもあって？」

昼食後ののんびりとした憩《いこ》いのひとときを、三々五々《さんさんごご》、仲のよい友人たちと散策《さんさく》していた淡いピンクの制服の少女たちが、珍しい話題を求めて興味深《きょうみぶか》げに近寄ってきた。

「あらあら♡」

「ああ、そう言えば今年も……」

「そんな季節になったのね」

＊

告

本年度
エトワール選のお知らせ
次週より次期エトワールを選出《せんしゅつ》するためのエトワール選を開催《かいさい》する。

エトワール・エネ
エトワール・カデット
両1名

選出《せんしゅつ》方式は〝3つの光輝《トロワ・リユミエール》〟をもって行う。

正式決定および戴冠式《たいかんしき》は7月を予定。

これより先、全学においてすべての学内行事《ぎょうじ》・活動は、エトワール選に関するものを最優先として行われるものとする。

聖アストラエアに属する3校全学の生徒はすべての誇《ほこ》りをかけてこの選に挑《いど》むこと。

初選　〝輝《ラ・ブリヤン・トゥヴェルチュール》かしい始まり〟
聖母マリアの月　聖ラナエル降臨《こうりん》の主日《しゅじつ》の前日《ぜんじつ》とその前日

前々日
カデット選「未定」
於　御聖堂《おみどう》ホールもしくは乙女苑《おとめえん》
※現在種目選定中、当日発表の予定

前日
エネ選「約束の砦《とりで》」
於　聖スピカ女学院　乗馬場

選出希望カップル一覧《いちらん》（届出順）

…………

…………

…………

聖スピカ女学院　5年トロワ組　鳳《おおとり》天音《あまね》

同じく　4年ドゥ組　剣城《けんじょう》要《かなめ》

…………

…………

聖ミアトル女学園　6年雪組　花園《はなぞの》静馬《しずま》

同じく　4年月組　蒼井《あおい》渚砂《なぎさ》

以上、17組。

本年度エトワール選実行委員会

＊

「なになに……エトワール選のお知らせ――あー、これが先刻《さつき》、檸檬《れもん》ちゃんが言ってた学園の星コンテストみたいなやつのことなんだね♡　えっと聖ル・リム女学校の人は……ひぃふぅみぃ……あれぇ？　３組しか出ないんだね！」

掲示板を見ている途中《とちゅう》で、ひときわ短いピンクのプリーツスカートを揺《ゆ》らして小柄《こがら》な少女が言った。短い２つ分けのヘアが揺れる小さな背中にはセーラーカラーが跳《は》ねている。

隣《となり》にいるお団子《だんご》頭の少女が、ずり落ちてきた眼鏡《メガネ》を上げながら思わず苦笑《にがわら》いをした。

「学園の星コンテスト……かぁ。まぁそういう言い方もある、かな？」

そして、やはり興味津々《きょうみしんしん》といった顔で掲示板を覗《のぞ》き込みながら、少女に言った――

「エトワールはたしかにフランス語で星っていう意味があるし、エトワールはル・リムとミアトルとスピカの３つの学校で１番素敵《すてき》なカップルを決めようっていうイベントだから、学園の星って言っちゃえばそうなんだけど――でも新学年の始まるこの４月から３カ月もかかって決めるエトワールには、ものすごーい各校の名誉がかかってるんだよ！　エトワールはその後の文化祭とか体育祭とかクリスマスとか――アストラエアの楽しいイベントには必ずメインゲストとして登場するし、他にもミサの独唱とか卒業式のお花贈呈《ぞうてい》とか、いろーんなお役目があるんだから。その年のエトワールが在籍《ざいせき》してる学校は、どの催《もよお》しも絶対に盛り上がるし――」

「ふぅん……そんなにスゴイんだ？」

どうやら最近この学校に入ったため、そのあたりの事情にうといらしい少女——聖ル・リム女学校、2年B組日向絆奈《ひゅうがきずな》が感心したようにそう聞くと。

眼鏡《メガネ》をかけたお団子《だんご》頭の真面目《まじめ》そうな少女——いかにも常識的で少々気の小さそうな聖ル・リム女学校、同じく2年B組夏目檸檬《なつめれもん》は、掲示板から視線を戻し、ふふんと得意げに鼻をうごめかし、訳知《わけし》り顔《がお》で応《こた》えた。

「そうだよ！　何しろ正式なエトワールが決まるまでに3回も選抜《せんばつ》があって——毎回下位のカップルが何組か脱落《だつらく》してって、7月にある最後の3回選でいよいよ1組が決まるんだけど——その間の学校同士のせめぎ合いっていうか、張り合う雰囲気《ふんいき》ってもうすごいんだから！　そういうことにあんまり興味《きょうみ》がないっていう子たちだって自然と盛りあがっちゃうんだよ。やっぱり誰だって自分の学校に——勝ってほしいもんね——うん！　あ、でも、今年は聖スピカ女学院の天音《あまね》王子様が出るからほとんどそれで決定だっていうもっぱらの噂《うわさ》で、ル・リムでは、どうせ今年もダメだろうって出馬する人も少ないあきらめムードみたいだから、あんまり盛り上がらないって言ってたけど……うわぁ、ホントに少ないね——」

眼鏡の顔ををぐぐっと近づけながら掲示板をチェックして言う。

「うん、なんかそうみたい——残念だね。でもさ、すごいねー、今の話って——スピカには王子様がいるんだ！　うわー見てみたいな！　やっぱり金髪《きんぱつ》なのかな？　どこの国の人なんだろ、絆奈、本物の王子様なんて見たことないから絶対……」

少女はそう言いかけて——。

——ポン。

ふいに後ろから頭を軽くたたかれた。

「おばかさんね、またそんなことを言って……もちろん王子様っていうのはただのあだ名よ♡でも、そうね、あだ名っていうよりはむしろ敬称《けいしょう》に近いかしら？　私たちのあのかわいらしい1年生が、桃色《ももいろ》の眠り姫って呼ばれているのと同じよ」

「あっ、千華留《ちかる》お姉様《ねえさま》——」

振り向くとそこには生徒会長の源《みなもと》千華留が立っていた。

印象的《いんしょうてき》なその優《やさ》しい瞳《ひとみ》で2人に微笑《ほほえ》みかける。トレードマークの三つ編みが下がるふわりと広がった黒髪《くろかみ》から、ふんわりと花の香りがした。

いきなりの生徒会長の登場に、檸檬は緊張《きんちょう》して無意識《むいしき》に顔を紅《あか》くし、内股《うちまた》をすり寄せる。しかしもう1人の少女——絆奈はまったく意に介《かい》さず無防備《むぼうび》なままだった。

「あっ、そっかー……そうなんだ、なぁんだ、本当の王子様がいるわけじゃないのか……あ、じゃあスピカには女の子なのに王子様な人がいるんだ！　すごーい、絆奈やっぱり見てみたいかも——♡」

絆奈の発言に、檸檬がおずおずと消え入りそうに控え目な声で応える。

「うん、かっこよくて凛々《りり》しくて勇ましくて……本当に王子様みたいな方らしいよ――でも、すごい人気でなかなか他校の下級生である私たちなんかが近寄れるような方じゃないし、スピカの子たちですら高嶺《たかね》の花だって――」

すると檸檬《れもん》の夢見るようなからかうように千華留《ちかる》が笑った。

「あら、檸檬ちゃんも――天音《あまね》ちゃんのことが好きなの？　これは意外だったわ♡」

「あ、い、いえっ――そそそんなことないんですっ!!　ただ、あの、以前に入学式で少しだけ近くでお見かけしたことがあって、なんだかすごく雰囲気《ふんいき》のある方だなぁって――」

檸檬は、もうこれ以上ないほど真っ赤になり、たちまち目が潤《うる》んできた。

――かわいい♡　まるで真っ赤なプチトマトみたいだわ。

そう思ったら千華留はつい楽しくなってしまった。

「まあ、そんなに天音ちゃんのことが好きなのなら、どうぞ檸檬ちゃんも応援してあげてね♡今年のエトワール選はスピカ上位で間違いなしの前評判《まえひょうばん》だったのだけれど、先週からちょっと風向《かざむ》きが変わってきたみたいで――私は天音ちゃん自身のためにも、本当は1度はエトワールをやったほうがいいって思っているのよ。だから――」

「えっ、風向きがって――何か事件でも!?　もしかしてどこかから有力な対抗馬《たいこうば》が出るとか――ああっ、それってひょっとして千華留お姉様《ねえさま》がお出になるとか!?」

檸檬は叫《さけ》んであうあうと口を開《あ》けたまま声が出なくなった。

しかし絆奈《きずな》はまったくぽかんとしている。

絆奈は首を思いっきりかしげ、はてな顔で止まっていた。２つ分けに結《ゆ》っている髪《かみ》が、上下に分かれてピコピコと揺《ゆ》れている。

千華留は苦笑《くしょう》した。

わたくしったら、詩遠《しおん》ちゃんに続いて檸檬ちゃんにまでこんなことを言われるなんて、よっぽど――日頃の行いが悪いのね。少し気をつけなくっちゃ♡

「うふふっ……そうね、そうだったらどんなにかうれしいんだけれど――」

そう言って背後《はいご》から傍《かたわ》らの少女――絆奈を愛《いと》おしそうに抱きしめる。

「残念だけど私、エトワールの素敵《すてき》な衣装《いしょう》を自分自身で着るよりも……好きな子にそれを着せるほうがずっとずっと好きなのよ、だからそうね――」

そう言ってウィンクをした。

「そうだわ！　ね、これからみんなで部室棟に行くっていうのはどうかしら？　たしか絆奈ちゃんは――まだ入部するクラブを決めてないんだったわよね？　趣味人《しゅみじん》の多いル・リムには本当にたくさんのクラブがあるけれど――おすすめしたいクラブがいくつかあるの」

うんうん――と、檸檬が誇《ほこ》らしげに頷《うなず》く。

そんな檸檬を千華留はにこやかに、でもどこか――含み笑いの残る顔で見やって。

「そうね、檸檬ちゃんの入っている美術部はけっこう大きな部で活動もきちんとしているし、おすすめといえばおすすめよ。でもせっかくル・リムに入ったんだから――私の作った〝変身部〟なんてどうかしら？」

いたずらっぽく小さく口元に寄せた千華留《ちかる》のピースサインに、それまで笑顔《えがお》だった檸檬《れもん》のこめかみが引きつる。

「変身部に絆奈《きずな》ちゃんを――そ、それはまさか千華留お姉様《ねえさま》ったら最初からそのおつもりで？」

「えー、なになにー変身部って何するところなのー!?」

絆奈が無邪気《むじゃき》に問いかけると。

「ねっ、興味《きょうみ》あるでしょう？　みんなで変身して楽しむクラブなのよ。猫ちゃんになったり、天使になったり――そうね、絆奈ちゃんなんかは子ぐまちゃんなんかもいいかもしれないわね？　とにかくとってもとっても楽しいところよ♡」

「うわぁ――、それって魔法みたい！」

「ええ、そうよ♡　千華留の魔法をあなたにかけてあげる。エトワール選なんかよりずっとずっと楽しくてよ！　ね、さあ、みんなでいいことしましょう――」

そして手を伸ばして導く千華留の後を喜々《きき》として無邪気についていく絆奈に向かって、聖母のように優《やさ》しげに微笑《ほほえ》む千華留の表情に一抹《いちまつ》の不安を覚《おぼ》えながら――檸檬は。

しかし1人でおいてけぼりになる勇気も出なくて。

「まってよぉー！」

あわててバタバタと追いかけた。

こんなのは、絶対にいやだいやだいやだいやだいやだ——

許《ゆる》せない許せない許せない——

＊

昼休みの廊下《ろうか》にざわめきが広がる中を。

天音《あまね》は鬼《おに》のような形相《ぎょうそう》で、ずんずんと先を急いでいた。

「あ、天音様よ……」

「やっぱり、今年こそエトワール選にお出になるのね♡」

「これで私たちの勝利は間違いないわ！」

「ああ、私たちのもとに天音王子を遣《つか》わした神様に感謝ですわね♡」

そんなひそひそ声は天音の耳には——まったく入っていなかった。

髪《かみ》の毛が逆立《さかだ》つような怒《いか》りをこらえて、天音は廊下を急いでいる。

行き先は――

ばあああんっ。

大きな音をたてて巨大な観音開《かんのんびら》きの戸を開《あ》けた。

「ちょっと、詩遠《しおん》！　これはいったいどういうことなのか説明してもらおうか！」

仁王立《におうだ》ちになってくしゃくしゃになった紙――掲示板からはぎ取ったらしいエトワール選の告知《こくち》――を突き出した天音《あまね》の目線《めせん》の先には。

トントントンと手にしていた書類をわざとらしくそろえ、おもむろにコホンと咳《せき》をする――冬森《とうもり》詩遠の姿があった。栗色《くりいろ》の長い髪《かみ》がひるがえる。

いつも穏《おだ》やかな天音の怒鳴《どな》り込《こ》み。

周囲にいた書記や会計などの生徒会スタッフに驚愕《きょうがく》が広がった。

ここは聖スピカ女学院生徒会室――。

「あら、お早いお着きでしたわね、プリンス天音――いぇ、未来のエトワールとお呼びさせていただきましょうか？」

周りのスタッフの動揺《どうよう》を手で制《せい》しながら――

そう言ってクスクスと笑った詩遠は、でも心なしか少し不安そうにも見えた。

「未来のエトワール――」

クッ……。

そこで天音はのどの奥を鳴《な》らし歯を食いしばる。

そして何かをこらえるように拳《こぶし》を握《にぎ》ると、いっそう低くなった声で続けた。

「――たしかにエトワール選に出ることは承知《しょうち》したよ。桃実《ももみ》が来て――イヤなのはわかってるけどどうしてもお願いする、我らがスピカの白い星のためにどうか一肌脱《ひとはだぬ》いでくれないかって――あの桃実がいつになく真剣《しんけん》な顔で頼むから――」

天音は天を仰《あお》いで目を閉じる。

そんな何気《なにげ》ない姿ですらもあまりに決まっていて――見ていた周りの生徒会スタッフから思わず感嘆《かんたん》のため息が漏《も》れる。

「――観念《かんねん》してくれってそう言われて。今年くらいは仕方ないかなって思いもした。私だってこのスピカが好きだ。だからスピカが勝つためには私が出るしかないって言われれば――別にそんなことはないと思うけれど――でも普段はおちゃらけた桃実にまであんなふうに真剣に言われたら……そうかって――それなら仕方がない、1年の我慢《がまん》だって――」

「ええ、私も桃実からそう聞き及んでおります。プリンス天音のご協力を謹《つつし》んでお受けし、最高の形で生かすために、今、私どもも及ばずながら苦労《くろう》して策を練っていたところですわ」

詩遠《しおん》はつとめて冷たく返す。

天音《あまね》の勢《いきお》いに。

その、思わず見惚《みほ》れずにはいられない白い光の粒子《りゅうし》が見えるような濃密《のうみつ》なオーラに負けてしまうような気がして。

すると天音はほとんど叫《さけ》ぶように言った。

「それじゃあなぜだ！　なんで私のパートナーがよりによってあの——あの——」

天音の手が震《ふる》えて。言葉《ことば》が続かなくなったところで。

カチャッ。

小さな音が響《ひび》いた。

生徒会室の奥にある生徒会資料室。

そこの小さな戸が開いて——

「——私と出るのがそんなにご不満ですか？　ああ……なんと——なんという悲しみ。なんという不幸！　私の心は未《いま》だ天音様には通じていないのですね——」

おおげさなセリフを、まるで舞台に立ったハムレットのごとくおおげさな身振りで語る1人の生徒が現れた。

天音よりは少し小さいようだが、高い身長に束《たば》ねられた短い髪《かみ》。浅黒い肌の色、手足の長いやせぎすな体と薄く大きな口に鼻梁《びりょう》の高いハッキリとした顔立ちは、天音よりもさらに中性的な――いや男性的とも言える精悍《せいかん》な雰囲気《ふんいき》を醸《かも》し出している。

「要《かなめ》っ！　どうしてここに――」

天音が叫《さけ》んだ。

「それはもちろん以心伝心《いしんでんしん》――愛するあなたの心が私にはいつも通じているから――」

そう言いかけたハムレットを天音が激しくにらむ。

「――と言いたいところですが」

そしてちらっと詩遠のほうを見た。

「生徒会長に呼ばれたのです。昼休みにここに来るようにと」

ああ――と詩遠が頭をかかえる。

「何があってもコチラには出てこないようにってお願いしたではないですか！　あなたには小《こ》細工《ざいく》のお嫌いな天音様の代わりに、エトワール選での秘策《ひさく》を伝授《でんじゅ》しようと――」

「だって、待っていたら、私の天音様の声が聞こえてきて――何やらもめているみたいだし、おお、私の大事《だいじ》なプリンスの危機《きき》、これは黙《だま》ってはいられないと思って――」

おおげさな色黒のハムレット――聖スピカ女学院4年ドゥ組・剣城《けんじょう》要は芝居がかった仕草《しぐさ》

で言った。

「だから――」

天音《あまね》は大きく息を吸い込んで再び叫《さけ》ぶ。

「だから、こんなのと出るのはイヤだっていうんだ!! なんで私のパートナーがよりによって要《かなめ》なんだっ!! 私は拒否《きょひ》する、断固《だんこ》拒否する!! 撤回《てっかい》だ、要が相手だというのならエトワール選には絶対に出ない!!」

「ああ、なんたる拒絶《きょぜつ》――今やスピカ5大スターの1人である私をこんな絶望のどん底に突き落とすことができるのは私のプリンス、あなただけです」

息を荒くしている天音に要はそう言うと、口とは裏腹《うらはら》にちっとも応《こた》えていない様子《ようす》でゆっくりと近づいていった。

そしてしっしっと手で払う天音に、どこから取り出したのか一輪《いちりん》の紅《あか》い薔薇《バラ》を高々《たかだか》と捧《ささ》げる。

「ああ、でも――あきらめてください、これが私とあなたの運命なのです。大丈夫、痛いのも苦しいのも最初のうちだけ……どうぞ私にすべてを預けてください、あなたのためならこの要――持てるワザの限りを尽くして最高の喜びをあなたに――まるで天国にいるような最高の快感をお約束してさしあげ――」

「――ばかっ!」

天音が一言《ひとこと》言い放ち。

…………。

生徒会室はしーんとした。

「……こほんっ。えっと……あの、まあ、プリンス天音がいやがられるお気持ちも多少はわかりますけれど」

詩遠《しおん》がようやく口を開いた。

「わかるのならなぜ!?」

「でも、プリンスからはパートナーの指定はありませんでしたし……」

「出さえすればそれで義務《ぎむ》は果たせると思ったし、話しに来たのが桃実《ももみ》だったから、てっきり相手は桃実なのかと思っていたんだ」

「ええ、もちろんそれも検討《けんとう》しました。鬼屋敷《きやしき》桃実はスピカ5大スターの1人ですし、資格は十分です。しかし、スピカのために今年こそは絶対にエトワール位を取るという第1義を考えると、当生徒会としましては、これがよりベストな選択《せんたく》かと……」

「どこがどうベストなんだっ！　私は、桃実なら女らしいし、かわいらしいカデットになるだろうと思った。でも、これじゃあまるで男役が2人――」

「ええ、ソコなんです」

「男役が2人のほうが——昨今人気《さっこんにんき》があったりするんですよ、プリンス。ご存じありませんでしたか？」

あっけにとられた天音が力なく繰り返す。

「男役が2人——」

詩遠《しおん》が深く頷《うなず》いた。

言葉《ことば》をなくした天音に向かってニッコリと満面《まんめん》の笑《え》みを見せて詩遠は続けた。

「プリンス天音のエトワール選への参戦《さんせん》は、私たち全スピカ生にとって大変に喜ばしいニュースです。しかし私は、どのみちこのような催《もよお》し事《ごと》がお嫌いで、これまでずっとエトワール選への参加を拒否《きょひ》され続けていたプリンス天音が、だからといってエトワール選に対して突然積極的に闘志《とうし》を燃《も》やしてくださるとは到底《とうてい》思えませんでした」

苦々《にがにが》しげに顔をそむける天音を見やって、詩遠は立ち上がり要《かなめ》のほうへ手を伸ばす。

「エトワール選は各校の名誉《めいよ》をかけた真剣勝負《しんけんしょうぶ》、案外《あんがい》ハードな戦いです。プリンス天音の実力を持ってしても万一——ということがあり得ます。ですからそこを補う保険として——」

詩遠は要の肩を押し出した。

「この剣城要《けんじょう》さんを——パートナーとして投入することにしたのです。彼女の何事にも前向きなやたらな自信と闘争心《とうそうしん》の強さ、勝負強さはこの戦いにはプラスです。プリンスご自身もずっと戦いが楽になるはずですよ——彼女自身もコアなファンを持っていますし。しかし、それよりも何よりも大事《だいじ》なのは、全スピカ生憧《あこが》れの天音王子が――たとえ相手が5大スター随一《ずいいち》のプリンセス桃実《ももみ》であったとしても――1人の女の手に落ちるのを見たくないというこの全学共通の願いです――これをないがしろにするわけにはまいりません」

天音はさらにあっけにとられて――

女の手に落ちるのがイヤだって？　私は――それじゃあ私は女じゃないとでも――

要がにやりと笑った。

「ああ、私の天音王子。これが運命なのです！　さあ、私の手をお取りください♡」

手が差し出された。

少女にしては骨張《ほねば》っていて野性的な要の、それでも美しい手。

我慢《がまん》するしかないんだろうか――。

珍しく天音はのどの奥から何かがせり上がってくるのを感じていた。

エトワールになること自体が私にとっては苦痛《くつう》でしかない。でもスピカのために今年だけは――そう思った。

ミアトルの図書館に行って下調べなんてして――柄《がら》にもなく――覚悟《かくご》を決めたつもりでいたのに――。

「さあ、何を迷っていらっしゃるのです？　私たち2人でアストラエアの星、稀代《きたい》のエトワール2連星として歴史にその名を刻《きざ》みましょう！」

要《かなめ》が天音《あまね》の手を取った。

私が――。
スピカの星としてエトワールになる。
この要と一緒《いっしょ》に――。
そう思ったとき、何かが天音の中で爆発《ばくはつ》した。

「いやだ!!　あり得ない!!」

パーンッと要の手を払った。

天音の得意なフェンシングでバラードをしたときのように――

鋭《するど》い音が鳴《な》った――


「天音様――」

めったに自分の好悪《こうお》を表に出すことがなく、乱暴《らんぼう》なことなど決してしない天音《あまね》の姿にあっけにとられて要は──。

「そんなに、私と出るのがおいやですか？　私とエトワール選に出たところで、悲しいかな誰も本気のカップルだとはとらないでしょう。それなのに天音様はそれをすら拒否《きょひ》なさると──」

思わず言いつのった。

震《ふる》えながら嘆《なげ》く要を見て少し落ち着いたのか、天音ははっきりと静かな声で言った。

「いや、そうじゃない。要のことが嫌いなわけじゃないよ」

ほろ苦い笑顔《えがお》を見せる。

「自分でも今ハッキリわかったんだ──」

まるで海の上の塩《しょ》っぱくて重い霧《きり》が晴れるように──。

天音はそう言って詩遠《しおん》のほうに向き直った。

どうしたというのだろう──そのときの天音の顔は、今はなき親衛隊《しんえいたい》の隊長をも務《つと》めた長年の天音ウォッチャーを自認《じにん》する剣城《けんじょう》要にして、初めて見る表情だった。

「──つまり、私が真剣《しんけん》にエトワール選に取り組んで、勝つことができればそれでいいのだろう、詩遠？」

「え、ええ、それはもう……」

詩遠も気圧《けお》されている。

「私はパートナーを指定する。私自身が自信を持って１番勝てると思えるパートナーを」

「それはもちろんかまいませんが、プリンス天音《あまね》には未だ特定のパートナーはおられない様子《ようす》でしたので、学内から素質だけを問題にしてめぼしい相手を選んだわけで──といえばやはり5大スターをおいては他になく……」

「特定の相手なら──いるさ」

「そしてメンバーのうちで桃実《ももみ》では女性的にすぎ、要《かなめ》ではダメということになりますと──えっ？　あの、今なんて？」

「だから特定のパートナーならいるってば。──といってもまだ何も約束したわけじゃない、私が一方的にそう望んでいるだけだけれど」

「ええええええっ!?」

詩遠《しおん》の叫《さけ》びと同時に部屋中が驚《おどろ》きの叫び声をあげた。

「天音様のパートナー、しかもひょっとして天音様の片思い───っ!?」

もう要は卒倒《そっとう》しそうだ。

「そ、それはノーマークでした。もちろんそのようなお相手がいらっしゃるのなら早速《さっそく》調査を──それで、そのお相手のお名前はいったい？」

生徒会スタッフに生徒名簿を寄こすように手で指図《さしず》しながら、新事態《しんじたい》に湧《わ》き上がるアドレナリンと好奇心《こうきしん》を抑《おさ》えきれず、詩遠は勢《いきお》い込んで聞いた。

「光莉《ひかり》」

天音はぶっきらぼうにそう言ってから思いっきり照《て》れた。

自分でも顔が紅《あか》くなるのがわかった。

だから照れ隠《かく》しにくるりと後ろを向いて。

「此花光莉《このはなひかり》。たしか3年アン組だって言っていたと思う」

そそくさと生徒会室を後にした。

＊

「夜々《やや》ちゃん……あの、これって、やっぱり——」

震《ふる》える指で光莉が掲示板を指さした。

ここ3年生の廊下《ろうか》にもエトワール選の告知《こくち》は大きく張り出されていた。

周り中に人だかりがして、どのカップルが有力か——天音と要のペアの当面《とうめん》の敵《てき》はどのカップルかと口さがないおしゃべりがとびかっている。

「仕方がないわよ、天音お姉様《ねえさま》が5年になる今年のエトワール位は、全スピカ生の悲願《ひがん》だもの。いくら目立つことのお嫌いな方だとはいっても、今年のエトワール選には絶対にお出になると思っていたわ。ただ、どこからどう見ても特定のパートナーがいない天音お姉様だけに、相手候補《こうほ》はずっとみんなの話題に上《のぼ》っていたから――あわよくば、なんて夢見てる子もけっこういたと思うの。でも私は桃実《ももみ》お姉様《ねえさま》がお相手になるのかとばかり思っていたけれど、要様《かなめ》とは――生徒会も大胆《だいたん》な手を打ってきたわよね」

夜々《やや》も珍しく感心したような神妙《しんみょう》な顔で返す。

そんな夜々の態度に、光莉《ひかり》は今さらのように、天音《あまね》が学園1のスターであることを感じて、少し悲しくなった。

こうして掲示板を見上げている自分がとても小さく、まるで浜辺に打ち寄せられた小さな砂《すな》粒《つぶ》になったようにみじめに感じられる。

心細さに肩をすぼめると。

横に並んで同じように掲示板を見ていた夜々が、うっすらと目に涙を浮かべた光莉の様子《ようす》には気づかずに、どこか満足げな笑みを浮かべてそっと光莉の肩を抱いた。

「ねえ、光莉ちゃん知ってる？　このカデットっていうのが妹役のことで、エネっていうのがお姉様役の人のことなの。天音お姉様は当然エネでしょうから――ね、エネ本選の日には2人で絶対に応援《おうえん》に行きましょうね！　天音お姉様、きっと大《だい》のお気に入りの光莉ちゃんが来てくれたらすごく張り切ってお勝ちになるに決まってるわ！」

「……うん……」

できれば応援なんかじゃなく、エネになる天音の隣《となり》に立ちたい――光莉のそんな身の程知らずな、でも想像せずにはいられない想いは、もちろん言葉《ことば》になるはずもなく——。

光莉は蚊《か》の鳴《な》くような声で返事をするのが精いっぱいだった。

それをようやく不審《ふしん》に思った夜々が光莉の顔を覗《のぞ》き込もうとしたそのとき。


「光莉おねーさまー!!」


バタバタと走る足音と遠くから大きな声で叫《さけ》ぶ声が聞こえてきた。

「あの声は……ああ、あんなにめちゃくちゃに走って——」

夜々が眉《まゆ》をひそめて見た方向にあったのは、校則の厳《きび》しいスピカ校内ではあり得ないほど焦《あせ》りきって、ばさばさに髪《かみ》を振り乱《みだ》しながら息も絶《た》え絶《だ》えに走る小柄《こがら》な少女の姿だった
「もう、蕾《つぼみ》ったらはしたないんだから！　いくら生徒会スタッフだからって、そんなに走ったらまたシスターに怒られるわよ？　早朝当番はもうこりごりだってこの間も——」

——蕾ちゃん！

その姿が近づいてくるにつれて——光莉は思い出した。

蕾とは、光莉が入学して最初の2週間に受けた早朝講習《そうちょうこうしゅう》——学院レクチャーで知り合っていた。小柄な1年生で、入学したばかりだというのに生徒会を手伝っているというので光莉はとても驚《おどろ》いたのだ。

なんでも幼稚園生のときから知り合いの、仲良しのお姉様《ねえさま》が今年は生徒会長になるというので入学前からエントリーしていたモノらしい。

あの日、学院レクチャーでシスターの準備のお手伝いをしているという蕾《つぼみ》は、光莉《ひかり》と目が合うなり――にこにこと笑顔《えがお》で寄ってきた。

「あの！　あの……お姉様は、これまでスピカではお見かけしなかったようですけれど……もしかして編入生の――？」

自分よりも年下らしい少女にいきなり話しかけられて光莉は驚《おどろ》いたけれど、いかにも元気いっぱいなかわいらしい笑顔につり込まれて、やっぱりにこにこと笑いながら応えたのだ。

「ええ、この4月から3年アン組に入った此花《このはな》光莉です。よろしくね――」

光莉がそう言うと少女は飛び上がらんばかりに喜んで言った。

「ああ、やっぱり――♡　じゃあいちご舎のほうにお入りになったっていう編入生の――方ですよね？　すごーい、スピカ舎では噂《うわさ》になってたんですよ、あの夜々《やや》お姉様が新学期から編入生の同室メンバーになるって――わー、うれしいな、1日目から噂のお姉様にもう会えちゃった♡」

あっけにとられている光莉をよそに、少女は手をたたきながらピチピチと跳《は》ね、ふとかたわらで目を丸くしている光莉に気がつくと――その両手を取ってしっかり握《にぎ》り、また跳ねた。

「こんなに美しくてかわいらしい方だなんて思いもしませんでした♡　私は1年ドゥ組の奥若《おくわか》

蕾です！　これからもどうぞ仲良くさせてくださいませね──」

ずいぶん人なつっこい子だなと──光莉《ひかり》は感心した。

＊

「ああ、よかったここにいらっしゃった──」

夜々の小言《こごと》を遮《さえぎ》るように──蕾はぁはぁはぁと息を切らす。

さすがにその様子《ようす》を見た夜々はどうしたの？　とまずは理由を聞いた。

「はぁはぁ──あの大変なんです！　光莉お姉様!!」

そう言って桃色《ももいろ》に輝《かがや》く長い髪《かみ》を振り乱して走ってきた蕾は、少しだけ多すぎる髪をまとめるためにいつも着《つ》けている幅広のヘアバンドの下から、ちょっとだけ垂れ気味《たれぎみ》の大きな目をこれ以上ないほどに垂れさせ──なんとも言えない情けない泣きそうな表情で光莉の顔を見上げた。

「光莉お姉様は、あ、あああ天音《あまね》様と──本当に──」

ごくりとツバを飲む。

「本当に──エトワール選に出られるんですか──？」

言い終わるのと同時に蕾は床《ゆか》に膝《ひざ》をつき──。

周囲にどよめきが広がった。

「いったい、どういうおつもりなんですか？」

「………」

＊

呼び出されて、責《せ》められても。

静馬《しずま》は返す言葉《ことば》がなかった。

職員室の裏《うら》にあるせいか、いつもめったに人の通らない淋《さび》しげな場所――中庭のはずれ、通《つう》称《しょう》・園《その》の墓《はか》で。

静馬は相対《あいたい》する2人に背を向けるように。

爽《さわ》やかな甘い香りを撒《ま》き散《ち》らす小さな野薔薇《バラ》の茂《しげ》みに埋《う》もれるようにある小さな石碑《せきひ》――それは半《なか》ば地面に埋め込まれた四角い石の板と、その上に立っている膝《ひざ》までしかない小さな石の十字架でできた石のモニュメント――にそっと手を触《ふ》れて、何を言うべきか考えた。

「特に何も――意図《いと》はないわ」

口からこぼれた言葉は思っていたよりも無表情で。

それが相手をいっそういきり立たせてしまう結果になった。

静馬の背中を真《ま》っ直《す》ぐに見つめている生徒――東儀《とうぎ》瞳《ひとみ》は一歩を前に踏み出しその目に怒《いか》りの

炎《ほのお》をきらめかせながらくってかかる。ミアトル生には珍しいショートカットのうなじが怒《いか》りのあまりほんのりと赤《あか》らんで、細く機敏《きびん》なカモシカのようにしなやかな体をいきりたたせているのが目立った。

「あんな――まだミアトルに入って間もない編入生などと一緒《いっしょ》にエトワール選に出られるなんて静馬様らしくないですわ！　昨年水穂《みずほ》と一緒にあんなに華々《はなばな》しくエトワール位をお飾《かざ》りになって、これでミアトルの歴史に静馬様の名を刻《きざ》むことができたとあんなにも喜び合ったのに――支えてくれてありがとうとねぎらってくださったお言葉は嘘《うそ》だったんですか!?　周りでお仕《つか》えさせていただいていた取り巻きの私たちでさえも、本当に完璧《かんぺき》な1年だったと肩の荷を下ろしたばかりだったのに――これでは静馬様の御代《みよ》に汚点《おてん》が――」

「あら、汚点だなんて、それは言い過ぎよ――」

それは実は瞋恚《しんい》の焔《ほのお》なのではないかしらと少しだけ不安に思いながら――少し離れて控《ひか》えていた狩野《かのう》水穂は瞳を遮《さえぎ》り、小さな声でたしなめた。

「きっと静馬様には何かお考えがあってのことだと思うわ――」

優《やさ》しげな水穂の声がその場の空気を少しだけ静めかけて――柔らかい頬《ほほ》の穏《おだ》やかな笑顔《えがお》をふちどる、少しだけ癖《くせ》のある水穂の柔らかい猫《ねこ》っ毛《け》がふんわりと春風に広がった。しかし、それを押《お》さえようと動いた水穂の手が、まるで自分をなだめているように感じられて瞳はますますカッとなった。

「だって!!　水穂《みずほ》ったら、いいの!?　静馬《しずま》様の実力から言ったらもちろんなって当然のエトワールだったけれど、相手のカデットになったあなただって、あんなに、あんなにがんばって取ったエトワール位じゃないの！　〝私が静馬様のお相手なんて畏《おそ》れ多い〟って言いながら、でも静馬様の恥《はじ》にならないようにって徹夜でアストラエア史の勉強したり、休み時間のたびにダンスの練習したり――あなたの努力は私がよく知ってるわ。それなのにそれを今度はあんなわけのわからない編入生なんかと――」

言葉《ことば》を重ねるにつれて、瞳《ひとみ》の体の奥でどんどん怒《いか》りがふくれていく。

「そうよ！　誰も口にはしなかったけれど、本当にみんなが一丸《いちがん》になって苦労《くろう》して戦ってきたんじゃないの！　それというのもひとえに、きっとどんなにか無念《むねん》だったろう、あのかわいそうな花織《かおり》のためにって――」

「瞳ったら!!　それを言っては――」

その名を耳にして、水穂が悲鳴《ひめい》のような叫《さけ》び声をあげた。

びくっ。

瞳は瞬間《しゅんかん》、体を止めてから――苦々《にがにが》しく言った。

「誰も言わないから、私が言ったのよ――だって静馬様ったらあんまりよ――これじゃあ、あんまりだわ――」

次第に小さくなり涙ぐむ声を。

静馬は思っていたよりも静かな心で聞いた。

――やっぱり、瞳はそんなつもりでここに呼んだのね――静馬は再び視線を石碑《せきひ》に落とした。生徒たちから、まるでキリストの聖なる墓のように見えるためにその呼び名が付いた、古びた石の遺物《いぶつ》――咲き乱れる薔薇《バラ》の花に埋《う》もれたそれに触《ふ》れながら、怒っている瞳の意図《いと》にあえて抵抗《ていこう》もせず従うように――静馬は思いをはせる。

――あの子はきっと今頃、大好きだったというラベンダーの花に埋もれて眠っているのかしらね……。

こうして真《ま》っ直《す》ぐにその面影《おもかげ》を思い出すとやはり胸が痛むけれど、でも自分で想像していたよりもずっと――優《やさ》しい気持ちが心に満ちた。

今まで考えないようにとばかり思っていたけれど。

そろそろ向き合ってもいい頃なのかもしれないわね――ええ、そう。これはいいきっかけなのかもしれない――。

静馬は振り返って花のような微笑《ほほえ》みを浮かべた。

――いつも静馬のことを思って動いてくれる２人。同じ６年生の東儀《とうぎ》瞳と狩野《かのう》水穂。ちょっときついところのある瞳と、いつも優しく穏《おだ》やかな水穂は幼なじみ同士というだけあって、とてもよいコンビだ。小学校の頃からなんやかやと静馬《しずま》にかかわろうとしてくれて――いつのまにか2人して、静馬の一番近くにいる側近《そっきん》のようになってしまっている。

静馬にもあんなにバランスのいい幼友達がいたら、自分のこの性格もまた変わっていたかもしれないなどとも思う。

周りからは静馬の取り巻きと扱われて苦労《くろう》していることもあるようだし、何よりファンの多い静馬の快適な学園生活がこの2人に負うところが多いことも承知《しょうち》している。

同じ学年なのに静馬のことを静馬様なんて呼んだりして――本当に。

本当に真面目《まじめ》な――情に厚い、私《わたくし》の大事《だいじ》な――かわいい人たち。

いつも自分本位《ほんい》で気まぐれな静馬だけれど――。

この2人のことだってちゃんと愛しているのだ。

あの子を愛していたのと同じように。

そう言えば、あの子を初めて連れてきたのもこの2人だったっけ――。

静馬に憧《あこが》れていて、その上とても静馬にお似合《にあ》いなかわいい子がいるからって――。

――桜木花織《さくらぎかおり》。

渚砂《なぎさ》とは出会いからして違っていたのね――ふふふ。

――と思わず笑いが出てしまった。

「何を笑ってらっしゃるんですか、静馬様!?」

静馬の沈黙《ちんもく》に困惑《こんわく》していた瞳《ひとみ》が逆上《ぎゃくじょう》したように叫《さけ》ぶ。

すると。

「まあ——瞳ったら、そんなに怒らないで♡」

静馬が、まるで今までの会話などなかったかのように笑いながら言ったので、瞳はあっけにとられてしまった。

なにしろこんなふうに静馬にたてついたのはこれが初めてで、あの気の強い静馬のこと、どんなに叱《しか》られるか嫌われるか——嫌われて遠ざけられて苛《いじ》められて、これで一生静馬と口がけないかもしれないとの覚悟《かくご》で直言《ちょくげん》に上がった瞳なのだ。

静馬は続けた。

「瞳の気持ちもわからないではないわ——せっかく1年のエトワールを満了《まんりょう》して——ああ、本当にあの期間は大変だったわね、行事《ぎょうじ》は多いし、気軽にかわいい子に声をかけて遊ぶこともできないし、あなたや水穂《みずほ》がサポートしてくれなかったら、とても務《つと》めおおせなかったかもしれないわ——本当にありがとう。感謝《かんしゃ》しているのよ。特に瞳、あなたには——」

優《やさ》しく手を差し伸べて瞳の髪《かみ》を撫《な》でる。

ひやっ——。

そのくすぐったさに瞳《ひとみ》の首がすくんだ。

——考えてみれば、長いお付き合いだけれど、こんなふうに触《ふ》れられるのは初めてかもしれない——瞳は呆然《ぼうぜん》とする。

「一応はカデットとして表舞台での活動ができた水穂《みずほ》よりも、黒衣《くろこ》に徹《てっ》してくれたあなたには——ずっと大変な思いをさせたかもしれないわ」

近くに寄った静馬《しずま》は、そこに咲いている野薔薇《バラ》よりも激しく薔薇の香りを発散《はっさん》しているようだった。

「でもね——エトワールの期間が終わって、こうして晴れて自由の身になって——本当は私《わたくし》だって思っていたのよ、これから過ごすミアトルでの最後の1年——もう立派《りっぱ》に義務《ぎむ》は果たしたのだから、好きなように——このミアトルにいるすべてのかわいい女の子たちと、それはもう好き勝手に毎日を楽しんで暮らそうって——」

静馬は笑って空を見上げた。

人気《ひとけ》のないこの淋《さび》しい場所にも高く青い空は広がっていて、白い雲がのんきにぽっかり浮かんでいた。

「自分でも意外だったわ。こんな気持ちになるなんて。ふふふ……おかしいわね。自分でもどうしてこんなことになったのか、ちっともわからないのよ。私《わたくし》ね、まだ出会ったばかりで、あの子がどんな子なのかもよく知らないの。お家《うち》のことも家族のことも——何も。でも、ただ、あのときアストラエアのあの道で。突然目の前に現れたあの子のことが気になって――。あれからいつも心のどこかにあの子のことがひっかかっているのを感じていたわ。それが、あの日……あの子と玉青《たまお》とじゃれている様子《ようす》を見ていたら何かどうしてもたまらなくなって、まるで幼い子供のように我慢《がまん》ができなくなってしまったの――」

瞳は次第に困惑《こんわく》し始めた。

「ねぇ、わかって。ただ試してみたいだけなのよ。あなたたちと勝ち取ったエトワールを否定したいわけじゃない。まして花織《かおり》のことを――忘れたわけじゃないわ。でも――」

いつになく自信のない顔で微笑《ほほえ》んだ静馬はやはり自信がなさそうに言った。

「ただ目を離したらすぐにどこかに飛んでいってしまいそうなあの子と――もしもエトワールになったらずっと一緒《いっしょ》にいられるかしらって思いついたの――」

――どうしてそんなことを、静馬様の元から飛んでいってしまう子なんているわけがないのに――という瞳の言葉《ことば》は声にならない。

そして静馬は照《て》れたように背中を向けた。

「これはミアトルのためでもなんでもない、ただの私《わたくし》のわがままだから――あなたたちに手伝ってもらおうとは思っていないわ。でも少しだけ――そっとしておいてほしいの。きっと実物《じつぶつ》のあの子に会ったら――あなたたちにもわかってもらえるんじゃないかと思うんだけれど――」

そう言って静馬は去っていった。

水穂《みずほ》が困りきったようにつぶやいた。

「あんなに優《やさ》しそうな——静馬《しずま》様のお顔を見たのは——初めてかもしれない」

＊

リーンゴーン……。

そしてその頃、聖ミアトル女学園4年月組の教室では。

放課後の清掃《せいそう》が始まろうとしていた。

「はぁ……」

「はぁ……」

教室内には乙女《おとめ》たちのため息がこだまする。

といってもいるのは2人。

モップを構えてげんなり顔の渚砂《なぎさ》と——

——そのわきで水の入ったバケツを押さえる玉青《たまお》だ。

「はぁ——2人で見ると教室って広いね」

ちゃっかり玉青のほうが楽な役をしていることには気づいていない渚砂は健気《けなげ》に言う。

「ごめんね、玉青ちゃん……渚砂のせいで、2人で教室掃除――するハメになっちゃって」

玉青はにっこり笑って応《こた》える。

「あら、そんなこと大丈夫よ、気にしないで。私はこうして渚砂ちゃんと2人っきりでいられるだけで、とっても幸せなんだから♡」

「――うん。ありがとう……」

――あらら。

いつもの玉青の軽口《かるくち》にも反応しないで黙《だま》り込む渚砂に、玉青は少し驚《おどろ》いた。

そんなに――ショックだったのかしら？

4年生の廊下《ろうか》にエトワール選の告示《こくじ》が張られたのは、5時間目の授業が行われている最中《さいちゅう》のことだった。

そのとき、古典の授業が終わって廊下に出た生徒たちから叫《さけ》び声が上がったのを玉青は耳にしたけれど、別段《べつだん》気にせずに、隣《となり》の席の渚砂にちょっかいをかけていたのだ。

すると1人の生徒がだだだだだーっと室内に走り込んできた
「ちょっとちょっとちょっとちょっと――っ!!」

真《ま》っ直《す》ぐに玉青の席にやって来た彼女――月組でも1番のゴシップ好きで有名な五百旗《いおはた》紅葉《もみじ》は天然《てんねん》のきついウエーブがかった黒髪《くろかみ》に、評判《ひょうばん》の立派《りっぱ》な眉毛《まゆげ》を飛び上がらせて叫んだ。

「どうしたの？　何か事件でも――」

ゆっくり振り向いた玉青《たまお》の顔を――でも紅葉《もみじ》は見ていなかった。

あらら？

玉青の視線を素通《すどお》りして――

「いったいどういうことなのっ⁉　この4月に編入してきたばかりの蒼井《あおい》さんがエトワール選に出るなんてっ」

紅葉が恐《おそ》ろしい形相《ぎょうそう》でじっと見下ろしていたのは、玉青ではなく渚砂《なぎさ》のほうだった。

「へ？　エトワール選って……」

「へ、じゃないわよ、へじゃ――っ！」

こらえきれないようにばんばんと紅葉は机をたたく。

「それも相手がよりにもよって、あの静馬《しずま》様――これはいったいどういうことなのか――」

――ああ、エトワール選の告示《こくじ》が張り出されたのね。

玉青が気づく。

そっか……やっぱり本当に静馬お姉様《ねえさま》は渚砂ちゃんとエントリーすることに決めたのね。

それも渚砂ちゃんには一言《ひとこと》の相談もなく……ふふっ、お姉様らしいこと――そう玉青が思いをめぐらせる間に。

「――この間の〝静馬お姉様廊下《ろうか》で接吻《せっぷん》事件〟のことだっていつの間にかうやむやになってる

し——ちょうどいい機会だわ。この際だからこれからちょっとそのへんのことを、しっかり蒼井さんに説明してもらおうじゃありませんか——っ」

そして教室中にその紅葉の声が響《ひび》き渡ると、教室中の椅子《いす》ががたがたと音をたてて、人波《ひとなみ》が渚砂のもとへと押し寄せたのだった。

＊

「でもまあ、渚砂ちゃんといると退屈《たいくつ》しなくて楽しいわよ」

「そんな……」

うなだれる渚砂をバケツを手にした玉青は精いっぱいなぐさめる。

「ほら、この前の静馬お姉様《ねえさま》との聖水当番のときもそう。おもしろい見物《みもの》が見れたし——」

「——うん」

あらー、やっぱり落ち込んでるわ——。

玉青は少しだけ楽しくなる。

「それにクラス中の嫉妬《しっと》の嵐《あらし》にあって、お掃除当番《そうじとうばん》をたった2人でやるハメになるなんて、渚砂ちゃんと知り合わなければ、きっと私の人生にないことだったと思うし——」

「あ——ごめんなさい……ううん、でも、それだって本当は渚砂だけで途方《とほう》に暮れてるのを玉青ちゃんが見るに見かねて助けてくれたんだから——」

——見るに見かねてっていうよりは、渚砂《なぎさ》ちゃんと2人になれる素敵《すてき》なチャンスを見逃《みのが》せなかっただけだけれどね。

玉青《たまお》は心の中で舌を出し、天使のような優《やさ》しい微笑《ほほえ》みでニッコリとバケツを押さえる。

「さっ、がんばってさっさと終わらせてしまいましょう。クラスの人たちもきっと今頃は後悔《こうかい》してるわよ！　それを2人であっさり片づけてしまったとなれば渚砂ちゃんの株も上がるに違いないわ」

「あ、ありがとう、玉青ちゃん……そんなに渚砂のこと考えてくれるなんて——」

「いいの、いいの気にしないで♡　きっと私と渚砂ちゃんがこうして同じクラスになったのも天の神様のお引き合わせなのよ」

——早くしないと、きっと手伝うフリして渚砂ちゃんに取り入りたい静馬《しずま》ファンのお邪魔《じゃま》虫《むし》が出てきちゃうものね♡

玉青の二心《にしん》は渚砂にはまったく通じないのが玉青の幸せだった。

「うん、玉青ちゃんと同じクラスになれて渚砂、本当によかった——エトワール選っていうんだっけ？——それ、渚砂、まだ全然よく知らないけど——もし本当に出なきゃいけないんだったら、玉青ちゃんと一緒《いっしょ》だったらよかったな。そうしたらきっと心細くなかったのに——」

渚砂が涙ぐむと。

玉青は、ああっなんてかわいいの——と思わず渚砂を抱きしめたくなる衝動《しょうどう》と闘《たたか》うのに大いに困った。

照《て》れ隠《かく》しに横を向いて言う。

「本当に静馬お姉様《ねえさま》ったらどういうおつもりなのかしらね――こんなにいたいけな渚砂ちゃんを学校同士のプライドのガチンコ勝負《しょうぶ》、あの権謀術数《けんぼうじゅっすう》のるつぼ、エトワール選に、それも本人に無断《むだん》で参加させるなんて――」

――もう渚砂ちゃんがあんなところに出場したりしたら、このかわいさを知って目をつける輩《やから》が増えちゃうじゃないのっ。

そんな玉青の内心《ないしん》とは裏腹《うらはら》に。

びくびくびくっ――。

「や、やっぱり、そんなに――すごいことなのかな、エトワール選って……」

渚砂は思いっきり身を縮《ちぢ》こまらせた。

そして先刻《さっき》詰め寄ってきたみんなの様子《ようす》と、鬼気《きき》迫《せま》る形相《ぎょうそう》を思い返す。

なんであなたなんかがエトワール選に、それも静馬様と――ってみんなすごく真剣《しんけん》な顔で――。

ううっ……怖《こわ》いよう。

「でも、でもね、玉青ちゃん、私、みんなにも言ったけど、なんにもしてないんだよ？　応募《おうぼ》なんてモチロンしてないし、もうすぐエトワール選なんていうのがあるってこともよく知らなかったし、それに静馬《しずま》お姉様《ねえさま》に出場する？　って聞かれたことすらない……」

　渚砂は自分で言っていながら呆然《ぼうぜん》としてしまった。

　そうだよ——そんな私がエトワール選に出るなんて——。

「そうだよ、ねっ、玉青《たまお》ちゃん、これってやっぱり何かの間違いじゃないかな？　そうだ！　ねねねねね、そうだよ、絶対そうだよ！　私なんにもしてないのにいくら静馬お姉様がスゴイ人だからって、こんなにいきなり、しかも知らないうちに出ることになってます——なんて」

　言いつのる渚砂を哀《あわ》れんで玉青は見つめ。

　渚砂はその玉青の様子《ようす》に何かを感じて口を止めると。

　じわわっと——目に涙を浮かべた。

「かわいそうだと私も思うわ。こんなの——ちょっとした生《い》け贄《にえ》みたいなモノよね？　でも……相手が静馬お姉様じゃ仕方がないわ。あの人に逆《さか》らえる人はこのミアトルには——いいえこのアストラエア全体を見てもそう多くはいないんだもの……」

　そして渚砂を励《はげ》ますように肩を抱いた。

「やだ、そんなに泣かないで——大丈夫よ、そんなに自信がないならきっと1回選で終了だもの。本当のこと言うとね、1回選のカデット選は〝アストラエア試問《エグザマン・スユー・ラストラエア》〟——毎年たいていアストラエアの丘の知識クイズなの。まだ年若いカデット役が3校を代表するにふさわしいだけの学園の知識を持っているかを競《きそ》う足切りポイントっていうところね。だから大丈夫。まだ編入して間《ま》もない渚砂ちゃんが勝てるわけはないわ。それもあって、私も静馬お姉様がいったい何を考えているのかって——」

「ほ、ホントっ!?　それってほんとなの玉青ちゃん！」

渚砂が玉青の腕の中で反応《はんのう》して跳《は》ねた。

——あ、あらまあ、なんて変わり身の早い——

ほっとして垂れ下がった目尻にポチッと涙の粒の輝《かがや》く瞳《ひとみ》で、渚砂はうるうると玉青を見つめている。

——まるでご主人様の許《ゆる》しを得たばかりのかわいい忠実《ちゅうじつ》な飼《か》い犬のような——そう思ってほだされた玉青は気が緩《ゆる》んで——ついつい本音《ほんね》を言ってしまった。

「ええ、だって見たところ初選に出場するのは17組。エントリーした人はみんなここでは名の知れた人気者《にんきもの》ばかりで、幼稚園からの在籍者《ざいせきしゃ》がほとんど——それでも、そのうちの少なくとも半数がここで落とされると思うわ。編入生の渚砂ちゃんがその中に残るのは、おそらく100%不可能——だからたぶん——静馬お姉様は本気でエトワール選に勝とうと思っているわけじゃないと思うのよ。私が思うに、ただ渚砂ちゃんと一緒《いっしょ》にいたいためのイベントっていうか遊びっていうか——派手《はで》なことや目立つことが人生の基本っていう方だから、みんなに見せつけたい気持ちもあるんでしょうね、〝私のカワイイ渚砂ちゃんを見て見て〟ってことで——」

「そっか、本気じゃあないんだ……」

ほんの一時《いっとき》の試練《しれん》なのだと思いこんだ渚砂《なぎさ》は、その後玉青《たまお》が続けた気になる静馬《しずま》の思惑《おもわく》について の発言も、すっかり耳を素通《すどお》りさせて喜んだ。

あーっほっとしたー♡

よかったぁー！　もぉ、渚砂のせいでミアトルが負けるとか、静馬お姉様が困るとかだったら、どうしようかと思ってたんだもん——渚砂が恥《はじ》かくだけなら仕方ないけど、人に迷惑《めいわく》かけたらいけないよぉ……。

どうやら思いっきり迷惑をかけられている自分には気づいていないらしい渚砂は。

しかし、そう言いながら、実はほんのちょっぴり淋《さび》しくなったりして。

——そっか、本気じゃあない——のかぁ……。

そりゃあ、そうだよね。

……渚砂が学園の代表なんて、そんなのなれるわけないもん。あー安心した！

でも……なんか心配して損しちゃったな。

みんなに責《せ》められて——静馬お姉様の言ったこととか一言一言《ひとことひとこと》報告させられて——みんながあんなに怖《こわ》い反応《はんのう》するくらいスゴイことなんだって思ったら、すごく怖くなって、ドキドキして、冷や汗が流れて……でも——でも、ちょっとだけ。

——心の奥の底のほうでほんの少しだけ。

ワクワクするような気持ちがしてたんだ——これでまた静馬お姉様に会えるって……。

本当なら6年生と4年生——学園一の女王様と、こんなお嬢様学校にまるで間違って入っちゃったような編入生の渚砂が会うことなんて、あり得ない——はずなんだもん。
あ、なんか改めて考えてたらちょっと悲しくなってきたかも……。
なんでかな——なんか鼻の奥がツーンとしてきたぞ——

うつむいた渚砂の気配《けはい》に気づいて玉青がその顔を覗《のぞ》き込もうとすると。

渚砂は顔をそらした。

見られたくないこんな顔——

それに気づいた玉青が、無理矢理こっちを向かせようと渚砂の頤《あご》に手をかけた——


ガタガタガタガタッ……。

——その瞬間《しゅんかん》。


やかましい音をたてて教室の扉《とびら》が開いて。

「大変です、大変です——渚砂お姉様！　早くお早くしないと静馬お姉様のファンが——あっ玉青お姉様まで……」

勢《いきお》いよく飛び込んできたのは小さなおかっぱ頭の1年生、月館《つきだて》千代《ちよ》だった。

「どうしたっていうの、そんなにあわてて！」

玉青《たまお》はぱっと渚砂《なぎさ》から手を離し、上級生らしく言った。

「あっ、も、申し訳ありません、急いでいたのでつい……」

「お伺《うかが》いも立てずにいきなり中に飛び込んでくるなんて千代《ちよ》ちゃんらしくないわ——いつも言われているでしょう、他のお教室を訪ねるときには、まず扉《とびら》の外で名乗りとお伺いを述《の》べて——」

いつもの玉青らしくもない説教《せっきょう》になってしまったのは、先刻《さっき》の渚砂の様子《ようす》に動揺《どうよう》したせいなのか、渚砂の体にそっと手をかけたところを見られたかもしれないと思っての照《て》れ隠《かく》しなのかはわからない。

「はっ、はいっ——申し訳ありません、でも——」

千代は真っ赤になりながらしきりに後ろを気にしている。

——誰か来ているの？

玉青は一瞬《いっしゅん》不安になりながらそれでも惰性《だせい》で続けた。

「——中からお返事があってからじゃないといけないって。いくら女子校だからって適当にしているとそういうところから堕落《だらく》が——」

「は、はいいっ——」

珍しい玉青のお小言《こごと》に身の置《お》き所《どころ》なく縮《ちぢ》こまりながら——やはり千代はチラチラとドアのほうを盗《ぬす》み見ている。

「いったい、どうしたの、そんな落ち着かない様子で——」

玉青がそう言ったとたんに——

ドヤドヤドヤと。

生徒の大群《たいぐん》が廊下《ろうか》に押し寄せるのが見えた。

「あっ、あっ——どうしよう——」

千代が泣きそうな声をだす。

「どうしたの!?」

驚《おどろ》く渚砂と玉青が言うのと同時に。

ガラガラガラッ——ピシャンッ。

華々《はなばな》しく教室の扉《とびら》が開《ひら》き。

「蒼井《あおい》渚砂っていう子の教室はここね——」

「私たちの静馬《しずま》お姉様《ねえさま》とエトワール選に出るなんていったいどういうつもりか——」

「絶対にとっちめてやるんだから——!!」

静馬お姉様命のはちまきをした団体様がなだれ込んできた。

「ああ、渚砂お姉様逃げて——」

千代の声が口の中で小さく悲鳴《ひめい》をあげた。

# 第5章

## 第27日
## 幻と戦う美しい姉妹は海神の前に真実を告げる

幕間《まくあい》「渚砂《なぎさ》ちゃんのミアトル日記」

今日《きょう》も――昼休みの呼び出しはやっぱりやってきました。

4年月組　蒼井《あおい》渚砂様
今回のエトワール選の事情について2、3お聞きしたいことがあります。
本日の昼休み、ヨハネ館屋上に来られたし。
委細《いさい》はそのときに。

レディ静馬《しずま》と花織《かおり》の愛を伝える会会長
5年花組　山科扇《やましなせん》

ひえ……これじゃ果たし状だよ。
うわーん。

怖《こわ》いよう──。

びくついている渚砂の手元を、隣《となり》の席の玉青《たまお》ちゃんがくすくす笑って指さします。

「あらあら、渚砂ちゃんったら、またお呼び出し？　たしか昨日《きのう》もあったわよね──うわぁ、本当に人気者《にんきもの》ね♡　上級生のお姉様方《ねえさまがた》からこんなに人気があるなんて……うらやましいわ──」

うう──そんな意地悪《いじわる》言わなくったって……。

ミアトルに来てからの渚砂はたったの1カ月で、まるで天国と地獄《じごく》を行き来しているようです。

地獄っていうのはもちろん、こわーいお姉様方からの、この呼び出し地獄……。

エトワール選の発表があってから、自分で言うのもヘンだけど、渚砂はなんだかにわかに学園内の注目の的《まと》になってしまったみたいで──廊下《ろうか》を歩いているだけでも、あちこちでひそひそ声が起きているのがわかるんです。

ほら、見て。あの子が蒼井渚砂っていう子よ──

なんだ全然大したことないいじゃない──

そういう声がまるで渚砂《なぎさ》に聞こえても全然平気なようにささやかれて——渚砂、本当に肩身《かたみ》が狭《せま》いです。

——そうなんです、本当は全然大したことないんです。こうなっちゃったのは何かの間違いなんですー、って叫《さけ》びたいけれど、そういうわけにもいかないし。

だって、みんなの気持ちもわかるもん……。

渚砂は編入したてのときに乙女苑《おとめえん》のお庭で偶然《ぐうぜん》、静馬《しずま》お姉様《ねえさま》に出会って……そんなにすごい人だなんて知らなかったから、さすが名門のミアトルはとんでもない美人がいるんだなぁ、なんて気楽に考えていたけど。

そうだよね。

あんな女神様《めがみさま》みたいな人、そうそういるわけないし——

渚砂、今でも覚《おぼ》えてるよ。

あの差し出されたきれいな女神様の手。

その手を取ったらふうっと天国に行けちゃうような——そんな気がした——。

でも、それがミアトルでもNo.1の女王様だったなんて……。

それが、渚砂みたいなミアトルに入ったばっかりの、本当に普通の子をいろいろとかまってるのをみたら……。

おもしろくないよね。

だから今の渚砂にできることは、昨日《きのう》も一昨日《おととい》もその前の日も——この1週間くらい毎日来てるこの呼び出しに、がんばって精いっぱい耐えることしかないんじゃないかなー……なんて思ったりしてるんだ。

玉青《たまお》ちゃんはそんな渚砂をお人好しって言うけど。

でもなんだか、1人でいても落ち着かないっていう気もするし。

あの静馬お姉様に渚砂が好かれてるなんて——。

何か、こう、あんまりにも——現実感がなくて。

まるで自分に都合《つごう》のいい夢を見ているみたいな気がするから——。

こうやってこわーいお姉様方からのこわーい呼び出しがあると、あっ、これは夢じゃないんだって思えるような気がするの。

一緒《いっしょ》に行ってあげようかっていう玉青ちゃんの申し出も、だからありがたいけど、断ってるんだ。

これに耐えて誠心誠意《せいしんせいい》ありのままを説明して、わかってもらうしか——渚砂にできることってきっとないんだもん。

あれっ、なんかこれってダメな人っぽいかも——!?

ガラガラガラ——

あつ、扉《とびら》の開く音がする。

また誰か上級生が——

「失礼いたします、5年雪組の海老沢小春《えびさわこはる》と申します。静馬《しずま》お姉様《ねえさま》とエトワール選にお出になる蒼井渚砂《あおいなぎさ》さんという方は——」

うわぁ〜ん、やっぱり怖《こわ》いよぉ……

誰か助けて——!!

＊

ペタパタペタパタペタパタ——。

平べったい靴《くつ》の独特な踵《かかと》の音が、いちご舎の真っ暗な廊下《ろうか》にゆっくり響《ひび》く。

午後10時45分。

懐中電灯《かいちゅうでんとう》のぼんやりした明かりが、室内のあちこちをほの暗く動いた。

「218号室……異常なし、ね」

シスター・カタリナはにっこりしてつぶやいた。

——ふぁ……

いけない。

油断《ゆだん》をするとあくびが出そうだ。

就寝後《しゅうしんご》の見回りはもうこのくらいにして——早めに自室で休もうかしら？

ここのところ毎晩、分厚《ぶあつ》い『聖フランチェスコ伝』を読むのに夢中《むちゅう》で——少し寝不足気味《ねぶそくぎみ》だ。

静かな春の夜。

ふと窓から外を見上げると、まるく大きな黄色い月が輝《かがや》いていた。

＊

「いーい？　くれぐれも音はたてないように——」

「うんっ！」

ぬきあしさしあししのびあしっ——心の中で呪文《じゅもん》のように唱《とな》えた渚砂は。

むやみに緊張《きんちょう》しながら自分の部屋を出て、ひんやりした空気に身を震《ふる》わせながら、玉青《たまお》の後をついて行った。

パジャマの上にガウンを着て、手に靴《くつ》を持ち、猫のように息を殺して歩き——シンと静まりかえったホールを見上げてホッと息をつく。

よかった——なんとか見つからないでここまで来れた。

ここから中庭まではあともうほんの少し——そこでふと疑問《ぎもん》に思う。

なんだか——あまりにも静かすぎないかな？

本当に今夜——。

「ね、玉青《たまお》ちゃん、本当に今夜、ミッドナイトパーティーなんていうのがあるの——？」

「しっ！」

「——あ、ごめんごめん」

玉青に鋭《するど》くたしなめられて声をいちだんとひそめる。

「でも、あんまり静かだから……誰もいないみたい——っていうか、みんな寝てるみたいだけど——」

「あら、そんなことないのよ……きっと中庭に行ったらビックリするわよ♡　あ、ほら——ちょっと耳を澄《す》ませてみて？」

しーっと唇《くちびる》に指をあてる玉青につり込まれるように、真剣《しんけん》な顔で耳を澄ます。

「——あ」

「ね、聞こえた？」

渚砂《なぎさ》の耳に、静寂《せいじゃく》の向こうのかすかなざわめきが伝わってきた。

「うん！ でもいちご舎って夜中の見回りとかあるんでしょ？ 渚砂、真夜中のパジャマパーティーなんて初めてだけど、見つかっちゃって怒《おこ》られたりとかしないの？」

「そのへんは――渚砂ちゃんが心配しなくても大丈夫♡ ちゃーんと段取《だんど》りしてるから――」

「あ、そっか、そうだよね――まだ編入して1カ月の渚砂なんかが心配することじゃないか――」

「やだ、そんなことで落ち込まないで♡ そういう素直なところが渚砂ちゃんのいいところなんだから。それに渚砂ちゃんは気がつかなかったかもしれないけど、さっきも見回りのシスターをやり過ごしたのよ？ 今日《きょう》は快眠派《かいみんは》のお優《やさ》しいシスター・カタリナのお当番の日だから……もうこの後は大丈夫よ！」

「そっか！ じゃあ渚砂も安心だな――渚砂ってドジだから、さっきから失敗して大きな音をたてちゃうんじゃないかってヒヤヒヤ――」

そう言って頭をかこうとした渚砂の手から靴が落ちて。

――ガタンバタンボゴンッ。

「しーーっ」

死ぬほど首がすくんだ。

「ホントにドジな渚砂ちゃん……ええ、もうさっさと行きましょ――きっと今頃は、もうかなり盛り上がってて——渚砂《なぎさ》ちゃんの登場もそれほど波紋《はもん》を広げないと思うの。でも念のため——私のそばから離れないほうがいいわよ？　間違っても静馬《しずま》お姉様《ねえさま》のそばになんか行っちゃだめよ。今夜はエトワール選の大事《だいじ》な大事な前夜祭《ぜんやさい》。いちご舎きっての催《もよお》しよ。ここで何か起きたら今後は——きっとお姉様方からの呼び出しくらいじゃ済《す》まなくなってよ？」

玉青《たまお》はそう言ってウィンクをし。

落ちた渚砂の靴《くつ》を拾《ひろ》って持ち、辺《あた》りの様子《ようす》をうかがうと。

もう片方の手で渚砂の手を取って、油断《ゆだん》のならない迷子《まいご》の幼稚園児の手を引くかのようにぎゅうっと握《にぎ》って歩き出した。

＊

どこかで小さく3拍子《びょうし》の——ワルツらしい優雅《ゆうが》な音楽が流れていた。

誰かがプレーヤーを持ち込んでいるらしい。

渚砂の目の前には、いちご舎の中庭が広がり、その中央に真っ白いクロスのかかった大きなテーブルがいくつかと、その上にのせられた山ほどのケーキやお菓子があった。幾本ものキャンドルの明かりに照《て》らされた卓上にはさまざまな色の飲料に温かな紅茶のポットまでが用意され、まさしく野外パーティーのしつらえがなされてあり、その周りでおしゃべりやゲームに夢《む》中《ちゅう》になって興奮《こうふん》している少女たちの群れ——2クラス分以上はゆうにいるだろうか——は色とりどりのパジャマやネグリジェに身を包み、このパーティーを楽しんでいた。

「はあ——、夜中の中庭でこんなことしちゃうなんて——」

——さすが、お嬢様学校はスケールが違う、と少し離れた噴水《ふんすい》の陰《かげ》の階段に隠《かく》れるようにして座っていた渚砂が一人つぶやこうとしたとき。

「どうしたの？　こんな隅《すみ》っこに1人ぼっちで……」

誰かが声をかけてきた。

「あ、玉青ちゃんが飲み物を取ってきてくれるっていうから、ここで待ってるんだ——ほら、まだ渚砂はエトワール選発表事件のほとぼりがさめてないから、センターテーブルには行かないほうがいいからって——あははは」

てっきりクラスの誰かかと思って、振り向くと——渚砂の顎《あご》が落ちた。

——あうあうあうっ……。

「まあ、そんな事件があったの？　渚砂ちゃんも大変ねぇ——おちおちパーティーも楽しめないなんて、かわいそう♡」

——その事件の張本人《ちょうほんにん》はあ、あ、あなたじゃないですかっ——と、心の中で叫《さけ》ぶ。

やって来たのは静馬だった。

静馬はオフホワイトのつややかなネグリジェの上にヴェルヴェットの深紅《しんく》のガウンを羽織《はお》っている。

そして静馬《しずま》はにこにことこぼれる花のような笑みを浮かべながら、ここいいかしら？――と渚砂《なぎさ》の隣《となり》に座った。

――はい♡と優《やさ》しく渚砂の目の前にグラスを差し出す。

グラスには金色《きんいろ》に輝《かがや》く透明《とうめい》な液体が満たされて、シュワシュワと小さな泡を立てていた。

「きれい……」

挨拶《あいさつ》もせずに思わずそう言ってしまった渚砂の考えなどお見通しというように、静馬は笑って自分でも一口飲んでみせた。

「大丈夫よ、お酒じゃないから♡」

見れば自分用のグラスも別に手に持っている。

わざわざ持ってきてくれたんだ――その意味に気づいて渚砂は少し照《て》れてしまう。

渚砂のことを探してくれていたのかな――そう思うと、胸の中に何かザワザワした気持ちが湧《わ》き上がってくる。

――やっぱり、静馬お姉様《ねえさま》は渚砂のこと、少しは――少しは気に入ってくれてるって思っていいのかな――。

渚砂が赤くなった照れ隠《かく》しに、黙《だま》ってごくりと一口金色の飲み物をすると、口の中でプツプツと泡がはじけた。

夜が更《ふ》けるにつれてトーンの上がってきたざわめきと一緒《いっしょ》に、かすかなワルツのリズムが聞こえる。

いったい今は何時頃なんだろう――。

わざわざ渚砂を探してやって来たはずの静馬も、なぜかじっと押し黙《だま》ったまま――いつか2人の間には心地のいい沈黙《ちんもく》が下りていた。

無言《むごん》で華やかなパーティーを眺《なが》めている美しい横顔。

聞こえてくる遠くの華やかなざわめき。

そうしたら、なんとなく。

聞いてみたくなって。

瞬間《しゅんかん》、その言葉《ことば》はなんのてらいもなく素直に渚砂の口から飛び出していた。

「どうして――静馬お姉様は渚砂とエトワール選に出ようって思われたんですか？」

すると一拍《いっぱく》おいて静馬が応《こた》えた。

「渚砂ちゃんは――やっぱり、本当はいやなの？　私《わたくし》とエトワール選に出ること――」

渚砂の質問には答えずに静馬は逆に問いかけ――渚砂はここで初めて素直に真剣《しんけん》に、自分の胸の内と向き合うことになった。

「うーん……最初は――最初はそりゃあとんでもないことだって思いました。自分で出たいなんて思ったわけじゃあもちろんないし、うん――今でもそれはそう思うんです。編入生の渚砂なんかが出るなんておこがましいって――発表があってからいっぱい呼び出された先輩《せんぱい》たち――あ、ううん上級生の方々にもそう言われたし――出たって私が足を引っ張るだけだし、第一何をしたらいいのか全然わからないし、静馬《しずま》お姉様《ねえさま》の隣《となり》にいるのだって全然似合《にあ》わないし――」

渚砂《なぎさ》はそう言いながら、自分の言葉《ことば》に我ながらしぼみ始める。

「ああ、そのことはごめんなさいね、私《わたくし》もほんの思いつきでしたことだから、そこまで反響《はんきょう》があるとは思わなくて――」

「あ、思いつきって――やっぱりそうですよね、うん……。渚砂も、だからみなさんに言ったんです。これは静馬お姉様のほんの気まぐれだからって……ただの思いつきだからって、渚砂なんかを本気で相手にしてるわけじゃないからって――」

そう言いながら、繰り返す声が小さくなっていく渚砂。

するとと不意に。

「そう、ほんの思いつき――でも、本気よ！」

それまでいつになく優《やさ》しい口調《くちょう》だった静馬は怒ったように声を荒げた。

――静馬お姉様……。渚砂が静馬のほうを見ると、静馬は怖《こわ》いほどに真剣《しんけん》な顔をしていた。

渚砂のほうをまったく見ずに語り始める。

それはまったく静馬らしくない訥々《とつとつ》とした……でも静馬の存在《そんざい》をぐっと身近《みぢか》に感じられる思いのほか素直な、意外な告白《こくはく》だった――。

「実はあれから……私《わたくし》も周りからいろいろ言われたわ。いったい何を考えてるんだって。1度取ったエトワール位をもう1度なんてわがままだっていう意見もあったし、渚砂の言うように編入生となんて絶対に無理だっていう意見もあった。聖なるエトワール冠を汚《けが》すつもりか、なんて言われたこともあったし――」

こんなにも気高《けだか》い学園の女王にそんなことを言う人がいるなんて――渚砂は信じられない思いでその言葉を聞く。

「私《わたくし》はもちろん、そんな人たちの意見はどうだっていいって思っていたわ――人がなんと言ったって私《わたくし》は私《わたくし》のやりたいことをやるわ。例え思いつきから始まったことだって、それが今の私にとっては世界で一番欲しいもの――スタートがどうだったかなんて関係ないのよ。欲しいものは手に入れる。やりたいことはやる。自分でも衝動的《しょうどうてき》だなって思うときもあるわ。でも、その衝動がいつも私《わたくし》を突き動かす――それが私《わたくし》の人生よ。後悔《こうかい》したことなど1度もないわ――でも」

そう言って急に動きを止め。

「渚砂ちゃんに迷惑《めいわく》をかけるのは――いやなの。あなたに――」

渚砂のほうを振り向いた。

「――嫌われるのはいやだわ――」

苦しげな顔をして言う。

「だから本当のことを言ってちょうだい。あなたが本当にいやなのなら……エトワール選は棄《き》権《けん》するわ」

その静馬《しずま》の表情を見て――。

渚砂《なぎさ》は死ぬほど驚《おどろ》いた。

「そんなっ、静馬お姉様《ねえさま》のことを嫌うなんて――」

ぷるぷると首を振る。

「そんなことができる人はきっとこの世にいないですっ!! 私――渚砂にできることだったらなんでも、なんでもお手伝いします!! エトワール選だってなんだってお姉様のお望みなら出ちゃいます! あの、本当はとってもうれしいんです! 渚砂には畏《おそ》れ多いことだけど、静馬お姉様の隣《となり》にいられるのはとってもうれしい……だって渚砂は静馬お姉様のことが大好きだから――」

勢《いきお》い込んでそう言ってハッとした。

これじゃあまるで愛の告白《こくはく》だよ――

あわてて口を押さえた渚砂に。

「――ありがとう、優《やさ》しい子――」

そう言って静馬は目を伏せた。

「こんなことを話して……幻滅《げんめつ》したかしら？」

渚砂の頭にぽんと手を乗せて、どこか自嘲気味《じちょうぎみ》に静馬が微笑《ほほえ》む。

「そ、そんなことありませんっ！　静馬お姉様は……静馬お姉様は、最高にキレイで格好《かっこう》よくって、女神《めがみ》様みたいで……その上、渚砂のことまでこんなに気にかけてくれて……本当に優しいんだなって、渚砂もう……」

いつもと違う静馬の様子《ようす》になんとか元気づけたいと思う渚砂は、それでもこんなことしか言えない自分がもどかしかった。

「ありがとう――でも、私《わたくし》、きっとそう言ってくれる渚砂ちゃんだとわかっていたわ。なぜかしらね。あなたの前でだけは違う私《わたくし》でいられる――私《わたくし》自身も知らなかったけれど、これが本当の私《わたくし》のような気がするわ――」

そう言って静馬は渚砂に身を寄せると。

「ねぇ、少しだけいいかしら？」

何が少しだけいい？　なのかさっぱりわからないでいる渚砂の返事を待たずに、その膝《ひざ》にふわりと――

――頭を乗せた。

「し、静馬お姉様――」

「しっ、黙《だま》って……」

うっとりと目を閉じた静馬の無防備《むぼうび》な顔が渚砂の顔の真下にある。

渚砂《なぎさ》の太腿《ふともも》に静馬《しずま》の頭の重みと温《ぬく》もりが伝わる。

渚砂は身動きが取れなくなった——。

薄いパジャマの生地《きじ》を通して、渚砂のおなかのへこみに静馬の熱い吐息《といき》がかかるのが感じられる。

ドキドキと心臓の鼓動《こどう》が強くなっていくのがばれませんようにと渚砂は願った。

じっとりと湿《しめ》った感触《かんしょく》が渚砂の体の奥に伝わった。


しばらくの時が経《た》って。

「静馬お姉様《ねえさま》——寝ちゃったのかな?」

おそるおそるつぶやいた渚砂に。

「もう少し——もう少しだけこのままでいさせて。今最高に——」

目をつぶったまま静馬は言った。

「いい気持ちなの——」

＊

「それではエトワール選でのスピカの勝利を祈《いの》って乾杯《かんぱい》!」

冬森詩遠《とうもりしおん》が音頭《おんど》を取り。

「カンパーイ！」

「天音《あまね》様のエトワール戴冠《たいかん》を祝ってかんぱーい♡」

周囲にいたスピカ生たちの輪から口々に高らかな声が響《ひび》き渡った。

その輪の真ん中で、いかにもいごこちが悪そうに佇《たたず》んでいた天音は、一息にグラスを飲み干すと、隣《となり》にいる詩遠《しおん》にこっそり耳打ちした。

「もうこれで――失礼していいかな？」

「プリンス天音、お気持ちはわかりますが、せっかくのエトワール選前夜祭なんですから――もう少しだけ付き合ってください――」

詩遠は内心の悲鳴《ひめい》を顔に出さずに笑顔《えがお》を保ったまま返す。

天音は苦虫《にがむし》を嚙《か》みつぶしたといった顔で黙《だま》った――が、なんとかその場にはとどまってくれた。

――ああ、もう！　これだけのスター性がありながら無念《むねん》すぎる。このシャイな性格さえなかったら――もっともっと盛り上げられたのに――詩遠は悔《くや》しさに唇《くちびる》を嚙みしめる。

しかし、まあ、普段はこの種のミッドナイトパーティー――いちご舎生の公然の秘密《ひみつ》のお楽しみ行事《ぎょうじ》――には興味《きょうみ》がないといって一切《いっさい》出ない天音のこと、こうして前夜祭に出席させられただけでも、詩遠の手腕《しゅわん》はみんなに評価《ひょうか》されるところだろう。これでこの輪がパーティーの盛り上がりにつれて徐々《じょじょ》に崩《くず》れ出すところまでいていただければ、これで詩遠の使命は果たされたことになる——

——と詩遠が思ったところで。

「それにしても、本当に今度のエトワール選は大丈夫なのかな？」

意地悪そうな笑みを浮かべて、紅《あか》い色の飲み物の入ったグラスをがぶ飲みしていた剣城《けんじょう》要《かなめ》が突然大きな声を放《はな》った。

「要ったら——」

隣《となり》にいた桃実《ももみ》があわてて遮《さえぎ》ろうとする。

「みんな、プリンス天音がいよいよ出馬《しゅつば》されるっていうことで、すっかり浮かれているみたいだけれど——本当にこのままで優勝できるのか——私は不安だな。ミアトルではあの花園静馬《はなぞのしずま》様が異例《いれい》の2期連続出馬を決めたというし、あの切れ者のミアトル生徒会長・六条深雪《ろくじょうみゆき》が本気で策を練っているともいわれてる——それなのに、我がスピカは天音様ただ1人のお力に頼りっきりで、相手役のカデットなんかただの普通の3年生——」

「だから、それは——!!」

詩遠が焦《あせ》って進み出る。

「プリンス天音のたってのご希望ですし、それにエネ役がプリンス天音であるならば、たとえカデットが誰であろうとスピカの勝利は確実ということで——みなの了承《りょうしょう》をいただいたのではないですか！」

「そうよ、いったいどうしたの？　要《かなめ》ったら何か変なものでも――」

桃実《ももみ》が要のグラスを取り上げようとし、要はそれを勢《いきお》いよく奪《うば》い返して――中庭のタイルに血のように紅《あか》い液体が飛び散った。

「うるさい！　――だってこんな――こんなこと許《ゆる》せると思うのか？　私のプリンスが――このときをずっとずっと――小学生のときから待っていた私をさしおいて――あんなどこの馬の骨とも知れない編入生の3年に――」


そのとき、1人の生徒が輪から走り出た。


「わたし――わたし、そんなつもりじゃ――」

目にいっぱい涙を浮かべた少女は、小柄《こがら》な体の華奢《きゃしゃ》な肩をめいっぱい震《ふる》わせて――ようやくそれだけ言うと。

だだだっと――。

走っていってしまった。


「待って――光莉《ひかり》！」

すると間髪《かんぱつ》入れずに天音《あまね》が。

その後を追って走り去った。

こちらも周りの者いっさいを――まるで振り返らずに。

もう、ただただ光莉のことしか目に入らない様子《ようす》で。


「あーあ、要様ったら泣かしちゃった♡」

少女の隣《となり》にいたらしい長い髪《かみ》の少女――南都《なんと》夜々《やや》が進み出てからかうように言った。

「本人がいるとは――気がつかなかったんだよっ」

後味《あとあじ》の悪さと少しの後悔を隠《かく》すように、要は吐《は》き捨てるように言う。

「光莉ちゃん、ちっちゃくてかわいらしいから思ったより目立たないのよね……」

歌うように夜々が言った。

夜々と要は――どうやら古い知り合いらしい。光莉と天音の退場《たいじょう》で要は勢《いきお》いを失った。


しかし。そんな事情を知ってる2人の会話をよそに。

残されたスピカ生たちの輪からは――

「天音様ったらどういうこと――あれじゃあまるであの子に本気みたいに――」

「天音様はスピカ全生徒の憧《あこが》れよ、独占《どくせん》は許《ゆる》されないわ――」

たった今の天音《あまね》の行動をいぶかしむ声があがり始めた。

そしてついに、天音様を追いかけて、事情をお聞きしなくては——

そんな声がでたところで。

詩遠《しおん》がパンパンと手をたたいて、あわてて宣言をした。

「これでエトワール選の前祝いの乾杯《かんぱい》は終了です！　あとはみなさん、それぞれにパーティーをお楽しみください。ただし——」

雪の女王の異名《いみょう》を持つ生徒会長は、そこで思い切り冷たい微笑《びしょう》をつくった。

「今後、エトワール選が終了するまでのプリンス天音の一切《いっさい》の行動に関して——スピカ生徒会では一般生徒のあらゆる介入《かいにゅう》を禁止させていただきます！」

とっさの判断《はんだん》だった。

場が静まりかえる。

「本年度のエトワール選制覇《せいは》は全スピカ生の積年《せきねん》の悲願《ひがん》。せっかくご決心くださったプリンス天音のプライベートに関して下手《へた》な介入をし、ご機嫌《きげん》を損じる方がもし、いらっしゃった場合には——スピカ生徒会が全力を持って制裁措置《せいさいそち》をとらせていただきますので、どうぞご承知《しょうち》おきくださいませね」

どこかで遠く、今や佳境《かきょう》のワルツの音がした。

＊

「ごめん――ごめんごめん、光莉《ひかり》――」

そう言って天音は夢中《むちゅう》で光莉を抱きしめていた。

「光莉を傷つけるつもりじゃなかった」

ようやく光莉に追いついた、暗いいちご舎のスピカ寮の裏庭で。

「ただ、どうせエトワール選に出なくちゃいけないのなら――光莉としか考えられないって思って――」

光莉は天音の腕の中で無言《むごん》で震《ふる》えている。

「悪かった――こんなふうに――こんな目に光莉が遭《あ》うとは考えていなかったんだ。全部――私のせいだ――」

身を切られるような痛みに。

光莉をさらに強く抱きしめる天音の――その風に晒《さら》された頬《ほほ》が冷たくさわって。

ドキリとした光莉はようやく事態《じたい》に気づき、胸が高鳴《たかな》り始めた。

私、天音様に抱きすくめられている――

それまでは。

やっぱり私なんかが天音様の相手役なんて、いけないことだったんだ――

私がこの学校に来たこと自体が間違いだったんだわ――いっそ天音様《あまね》に――お会いしなければよかった――そうすれば、こんなに苦しい思いをすることはなかったのに――。

走っている間中、光莉《ひかり》の頭の中でそんな考えが渦《うず》を巻いていた。

でも天音に捕《つか》まえられて。

有無《うむ》を言わさず抱きしめられて――

激情《げきじょう》に駆《か》られてかきくどくように謝《あやま》り続ける天音に――

光莉はもう何も考えられなくなってしまった。

「……いいんです」

ようやくか細い声が出た。

「もう、いいんです、私――」

もぞもぞと動いて顔を上げた光莉のすぐ目の前に、天音の顔があった。

「光莉――」

天音は泣きそうな顔をしていた。

天音様が――こんな――こんなお顔を――。

光莉も泣きたくなった。

でも――。

何かがそれを押しとどめた。

天音様に——私のためにこんなお顔をさせちゃいけない——

光莉は無理矢理笑顔《えがお》をつくった。

「私が、弱かっただけなんです。ごめんなさい。私——私なんかじゃちっともお役に立てないかもしれないですけれど、天音様がそんなふうに言ってくださるのなら——」

涙でいっぱいの笑顔だった。

「——精いっぱいがんばります！　私だってちょっとでもいいから天音様のお役に立ちたい——」

「光莉っ——」

天音はもうなんと言っていいかわからなくなって。

ただただ光莉を強く抱きしめた。

こんなことが起きても——光莉を手放す気にはなれなかった。

この子を守らなければならない——ただただ、そう思った。

＊

「千華留《ちかる》お姉様——、このお菓子とってもおいしいですね♡」

そんなミッドナイトパーティーの会場のはじっこで。

着せ替えが大好きなル・リムの生徒会長・源《みなもと》千華留と、相変わらず元気な2年生の日向絆《ひゅうがきず》奈《な》が千華留に勧《すす》められた菓子を一口食べて言った。

「あら、そう？　よかったわ――このガレットはアストラエアの丘 修道会《しゅうどうかい》の施設がある長野の修道院《しゅうどういん》で作られてるのよ。一般には売ってない特別品。だから、アストラエアの関係者しか食べられないの。シスターマザーの味っていうところね」

千華留が新しい紅茶のポットを用意しながら、にっこりと応《こた》える。

「あ、そうなんですか――すごくおいしいから普通に売ってたらいつでも食べられるのになー」

「でも、ル・リムでも行事《ぎょうじ》やお祝い事の折にはたいていこのガレットが配《くば》られるから、またすぐにいただけるわよ。さしあたり――そうね、エトワール選の〝輝かしい始まり《ラ・ブリヤン・トゥヴエルチュール》〟が終わったら、1つ目の〝小さな冠《プティット・クローヌ》〟の授与式《じゅよしき》があるから、そこで出るかしら？」

「プチ・ガレット!?」

「うふふっ……プティット・クローヌよ。小さな王冠《おうかん》という意味。エトワール選は全部で3回の選抜《せんばつ》を経《へ》て、最後に1組が残るという仕組みなんだけど、その1回の選抜ごとに1位のカップルへ小さな王冠を授《さず》けるの。最後の選抜を1位で通過したカップルがエトワールになるわけだから、エトワールは最低でも必ず1つは王冠を手にするわけだけれど、1回選や2回選では上位数組が通過できる仕組みだから、必ずしもエトワールになった人がその王冠を獲得している、というわけではないの――だから、3回選すべてを1位で通過してエトワールの持つ大きな錫《しゃく》に3つの冠《かんむり》をつけることができたカップルには大きな栄誉《えいよ》が与えられるわ——今年は天音《あま》ちゃんがそれを達成できるのかどうか——本当に楽しみね」

千華留《ちかる》は遠くに見えているスピカ生の群れをチラリと見やってそう言った。

「あー、千華留お姉様《ねえさま》ったらまた王子様のこと言ってるー！　わかった♡　きっと千華留お姉様も王子様のことが好きなんでしょう？　そうだ、絆奈《きずな》いいこと考えちゃった！　千華留お姉様と天音王子様が——」

絆奈はガレットをほおばったまま、がばっと立ち上がった。

——一緒《いっしょ》にエトワール選に出ればいいんだ——と言いかけて。

バフォッバフォバフォバフォ——

むせた。

「あらあら大変！　ほら早くお茶を飲んで」

千華留は絆奈のカップを取って勧める。

ふぁ、ふぁい……絆奈は顔を真っ赤にしながらお茶を飲んだ。

そんな姿を愛《いと》おしそうに見やりながら、千華留は——

——私にふさわしいのは王子様じゃなくてお姫様……いいえ、あなたのような愛おしい娘なのかもしれなくてよ……。

と胸の中でつぶやいた。

＊

そして翌日——。

いよいよエトワール選初選、〝輝かしい始まり《ラ・ブリヤン・トゥヴェルチュール》〟、カデット選の朝は来た。

聖スピカ女学院の廊下《ろうか》ではこんな会話が交わされていた。

「ねぇ、聞いた？」

「聞いた、聞いたわよ！」

「今日《きょう》のカデット選——〝アストラエア試問《エグザマン・スュー・ラストラエア》〟じゃないって本当!?」

「本当みたいよ！　今年に限っては真実の口でやるって——」

「なんで!?　若き妹たるカデットに、まず最低限の教養《きょうよう》としてアストラエアの丘の基本知識を問うテストを——っていうのが毎年の恒例《こうれい》じゃなかったの？」

「それが——ほら今年は編入生が——」

「ああ、それで！　——そうか、ミアトルの静馬《しずま》様と我がスピカの天音様のお相手は——この春編入したばかりの新入生だものね。そりゃあ、〝アストラエア試問《エグザマン・スュー・ラストラエア》〟じゃ絶対不利、よねぇ

……でも、大きな声じゃ言えないけど、それって——」

「——うん、私もそう思う」

「何よ、まだなんにも言ってないじゃない！」

「わかるよー、それくらい！　ひいきじゃない？　って言いたいんでしょ」

「——うん」

「そうだよねー、天音《あまね》様にはやっぱりエトワール取ってほしいし、スピカのためでもあることだから、あんまり言いたくはないけど——」

「——やっぱりひいきっぽいよね」

「——うん」

「他の出場者は怒るんじゃないかな……今回の実行委員会はスピカがメインでしょ？　やりすぎだって……スピカが批判《ひはん》されなきゃいいんだけど——」

「——そうだね……」

＊

リーンゴーンリーンゴーンリーンゴーン……。

カデット選の開始を告《つ》げる早いリズムの特別な鐘《かね》は、午後1時ちょうどに鳴《な》らされた。

今日はこのアストラエアの丘に立つ3校すべて、午後の授業はお休みである。

栄光あるエトワール選とはいっても、〝輝かしい始まり《ラ・ブリヤン・トゥヴエルチュール》〟は3回選あるうちの初選にすぎず、しかもカデット選は言ってみればさらにその前座《ぜんざ》。

例年は、勝負に関心のない生徒たちは帰宅する者も出るが、残って見物する者たちの数はもちろん多い。

特に今年は天音と静馬の夢の対決実現ということで、どの学校もいつにない盛り上がりを見せているし、例年行われている〝アストラエア試問《エグザマン・スユー・ラストラエア》〟——アストラエアの丘についての知識を問うペーパーテスト——のような地味な形式ではなく、今年は見せ場の多い「真実の口」方式で行われることが決まったせいもあった。

真実の口——。

それはあの有名なローマにある「真実の口」を模《も》してつけられた呼称《こしょう》である。

ただし、ここ乙女苑《おとめえん》の入り口近くにある壁《かべ》にはめ込まれたレリーフには、恐ろしげな海神《かいじん》ネプチューンの顔の代わりに、何体かの天使や聖人の姿が彫《ほ》られている。

いつどんな目的で作られたのか、今となってはわからない、アストラエアの丘とともに歴史を刻むこのレリーフは——。

その中央に、輝《かがや》く1つの大きな星——五芒星《ごぼうせい》が1つ深くくりぬかれており、ここに通う乙女たちはたわいもなくこれを真実の口と呼び習わして、古くから連綿《れんめん》と、まるでままごとのような——友人同士や恋人同士の誓《ちか》いの儀式《ぎしき》に使用してきた。

この星の穴に2人で手を入れて、嘘《うそ》をつくと手が抜けなくなるとか、流星《ながれぼし》に当たって死ぬとか、ここで誓いをすることで2人は聖なる大天使の祝福《しゅくふく》を受けられるとか——今や伝説はさまざまに分化している。

もちろんどれも乙女《おとめ》らしい見立てである。

しかし中には本当に伝説を信じている者もいるし、案外《あんがい》、本物の嘘発見器の効用があると主張する者もいる。

誰もが自分の心の真実と向き合うはめになるこの「真実の口」を前に——もし少しでもたじろいだ様子《ようす》を見せたらその人は嘘をついているのだと——そう主張《しゅちょう》する乙女は、もう立派《りっぱ》に1人前の女性に育ちつつあるのである。

今日《きょう》は開放されている乙女苑の門の前に、生徒たちが次第に集まってきた。

真実の口の前には、封印《ふういん》するように白いリボンが掛けられている。

＊

タッタッタッタッタ——
そのとき、渚砂《なぎさ》は頭の天辺《てっぺん》から湯気《ゆげ》を出しそうな程《ほど》に頬《ほほ》を紅潮《こうちょう》させて、人気《ひとけ》のなくなったミアトルの廊下《ろうか》を走っていた。

急がなくちゃ、急がなくちゃ、急がなくちゃ――カデット選に遅れちゃう！

カデット選のその前に、なんとしても絶対に――

――絶対に、図書館に行かなくちゃ！

必死になって走りながら、渚砂は今朝《けさ》、いちご舎の部屋を出るときに、笑顔《えがお》でおまじないをしてくれた玉青《たまお》の顔を思い出してた。

「大丈夫、渚砂ちゃんならもちろん初選ぐらい軽いわよ♡　静馬《しずま》お姉様《ねえさま》とのカップリングなんて本当はもちろん認《みと》めたくないけれど――やっぱり、私もミアトルの一員ですもの。出場するからにはミアトルのためにがんばってほしいから――」

そう言って、いつもどおりあわてて部屋を出ようとした渚砂の背中に、玉青はひとつかみの薔薇《バラ》の花びらと、薔薇の香りのする薔薇水をかけてくれたのだ。

「ミアトル寮に伝わるちょっとしたおまじないよ。さあ、これで大丈夫♡　薔薇の香りがいつもあなたを冷静にさせてくれるわ――がんばってね、渚砂ちゃん。渚砂ちゃんって緊張《きんちょう》すると目を回すみたいだからちょっぴり心配――」

そう言って玉青は渚砂が静馬にキスされかかったときのことを思い出したらしく、くすくすと笑った。

それを見た渚砂《なぎさ》もあはは——とつられて力なく照《て》れ笑いをし、うん、なんとかがんばる——と笑顔《えがお》をつくりながら。

その実《じつ》、なんとも言えないプレッシャーを身に感じ、背中を丸めて部屋を出たのだ。

玉青《たまお》が口を開いたとき、いつもの玉青だったら、勝てなくてあたりまえ——今日《きょう》でこの騒動《そうどう》も終わってよかったねなんて——言うんじゃないかとなんとなく渚砂は思っていた。

でも、普段は〝ミアトルみたいな世間《せけん》知らずのお嬢様学校〟——と斜《しゃ》に構《かま》えたようなところのある玉青にしてこうなのだ。

そうだよね、いくら編入生だっていったって、ミアトルの代表として出るんだもん。あんまり無様《ぶざま》なことになったらみんなに申し訳がたたないよ——

——はぁ。

渚砂のため息は、静かないちご舎の廊下《ろうか》に吸い込まれるように消えた。

そうして鬱々《うつうつ》と始まった午前中の授業の最後に。

その手紙は玉青と逆側の隣席《りんせき》から——回ってきた。

「これ、後ろから」

小さな星——五芒星《ごぼうせい》の形に折りたたまれたミアトルカラーの緑色の紙のメモ。

急いで後ろを見渡したけれど、私よ私——と合図してくる者の姿はない。

渚砂ちゃんへ——と書いてあるその紙に悪意《あくい》は感じられなかった。

だから——連日の呼び出しを受けていた渚砂もなんの警戒《けいかい》もせずにメモを開け、中の文面に——驚《おどろ》いたのだ。

蒼井《あおい》渚砂様

エトワール初選のカデット選が始まる前に、あなたにぜひ見ていただきたいものがあります。

その知識がなければ我らがミアトルの勝利は絶対に不可能でしょう。

あなたの——新参者《しんざんもの》の編入生ながら日々《ひび》奮闘《ふんとう》なさる姿には深く心を動かされました。

上級生たちからの叡智《えいち》ある数々の助言《じょげん》をまったく歯牙《しが》にもかけずに邁進《まいしん》するその姿勢！

ああ、慨嘆《がいたん》の一語《いちご》に尽きます……

そこで本日のカデット選をもって晴れてアストラエアのスターダムにデビューするあなたに、陰《かげ》ながらお力添《ぞ》えいたしたく——

必ず、必ずやカデット選の前にごらんくださいますよう。

図書館にてお待ちしています。

高貴《こうき》あるミアトルスター、緑色の星を目印《めじるし》に——

そこであなたは今度のエトワール選と静馬《しずま》様の真実を知ることになるでしょう——

静馬《しずま》お姉様《ねえさま》と我がミアトルの勝利の栄光が永遠《えいえん》に守られることをお祈りしております。

あなたの1ファンより

えいちあるじょげん？　がいたんのいちご？

ところどころ、意味のよくわからないところはあったけれど……。

……あ♡

渚砂《なぎさ》はなんだかすごく、うれしかった。これってきっと渚砂のこと、応援《おうえん》してくれてるってコトだよね？

クラスの子たちはもちろんみんなよくしてくれるけれど——静馬とのごたごたが始まってから、渚砂はこのミアトルの在校生たちから、有形無形《ゆうけいむけい》の嫉妬《しっと》や悪意を受け取ることも多かったから——こんな名もない温かさに触《ふ》れたのは初めてだと思ったのだ。

——うん♡　こうやって応援してくれる人もいるんだ！

すごく丁寧《ていねい》で難しい言葉《ことば》も使ってあって微妙《びみょう》にわかりにくいところもあったけど……。

とにかくうれしい！　渚砂、がんばる!!

だから昼食が終わると。

早く会場に行きましょうとせかす玉青《たまお》をようやくかわして——

「ごめん、ちょっと忘れ物しちゃったから取ってくるね！」

渚砂は１人で教室を出たのだった。

＊

ざわざわざわ——段々《だんだん》に集まってきた人いきれで、辺《あた》りはそわそわとなんとなく熱気をはらんできた。

ブチッ——

マイクのスイッチが入って、詩遠《しおん》の声が響《ひび》き始める。

「それでは——時刻になりましたので、そろそろ本年度エトワール決定選、初選第１選〝輝《ラ・ブリヤン・》かしい始まり《トゥヴェルチュール》〟の——カデット選を始めたいと思います。候補者《こうほしゃ》のみなさんはこちらにお集まりください——」

乙女苑《おとめえん》の門の前に集まった群衆《ぐんしゅう》のざわめきはひときわ大きくなった。

その中に――。

「渚砂《なぎさ》ちゃんったら、まだ姿が見えないなんて、いったいどうしちゃったのかしら――」

「遅いですねぇ――心配です。もしかしたら渚砂お姉様《ねえさま》どこかで道にお迷《まよ》いにでも――」

と、語り合う静馬《しずま》と千代《ちよ》の姿があった。

あの聖水《せいすい》当番の日から、2人はわりに親しくなったらしい。

「ああ、やっぱり迎えに行けばよかったわ――渚砂ってドジっぽいものね？　あれはそうね――肝心《かんじん》なときに大失敗しちゃうタイプよ！」

断言《だんげん》する静馬の様子《ようす》がおかしくて千代がついつい笑ってしまう。

「くすくすくす――」

「あーあ、やっぱりあの子とエトワール選に出ようと思いつくなんて私《わたくし》、失敗したかしら？」

静馬の軽口《かるくち》に千代も軽く頷《うなず》き返す。

「でも、静馬お姉様が2度もエトワール選に出ようとなさるのも渚砂お姉様だからこそ、ですよね。私、本当はお写真で拝見《はいけん》したことがあるんです――静馬お姉様が昨年エトワール冠をかぶられたときのお姿……あんまりに神々《こうごう》しくて涙が出そうになりました――本当に素晴らしかった……あのとき、一生に1度って言っていらっしゃったのに、こうしてまたお出になるなんて、渚砂お姉様のこと本当に――」

そこまで言ってしまってから、ハッとした。

「あ、あの――私――私、そんなつもりじゃ――申し訳ありません、静馬お姉様……」

泣き出しそうになった千代に静馬はようやく言った。

「いいのよ、大丈夫――気にしないで。あれもあのときの私《わたくし》の真実だったのだから――」

それでも、静馬の顔は微妙《びみょう》に固くなっていた。


その静馬の目に入らぬように。

静馬の取り巻きの1人である東儀瞳《とうぎひとみ》は――静馬に見つからないように物陰《ものかげ》に隠《かく》れて、今にも始まろうとしているエトワール選の様子《ようす》をうかがっていた――。

＊

「はぁはぁはぁ……」

やっとついた――

図書館の大きな扉《とびら》の前に立って渚砂は息を整えた。

静馬お姉様に1度だけ連れてきてもらったことがある、この巨大な建物――秘密《ひみつ》の花園《はなぞの》。

またあんな光景が――と思うと1人で入るのはちょっぴり怖《こわ》いけれど、今日《きょう》はそんなことは言っていられない。

「ようしっ！」

1人で気合いを入れて。

扉《とびら》に手をかけた。

ギギギギ……重く鈍《にぶ》い音をたてて扉が開く。

見覚《みおぼ》えのある黒と白の市松模様《いちまつもよう》の床《ゆか》が目の前に広がった——。

＊

カツンカツンカツン——。

足音を響《ひび》かせながらおそるおそる渚砂《なぎさ》は進んでいく。

石壁《いしかべ》に囲まれた室内の薄い明かりに目が慣《な》れると、ホールには数人の人の姿があるだけだった。

この前感じられたような——そこはかとない熱気《ねつき》はまるで感じられない。

閑散《かんさん》とした、いかにも人気《ひとけ》のない図書館——の空気がそこには広がっていた。

「今日《きょう》は——人が少ないのかな」

思わずつぶやいた渚砂に。

すぐわきから返事があった。

「今日はカデット選があるから——みんな見物《けんぶつ》に行っているのよ」

——うわぁっ。

驚《おどろ》いて声のしたほうを見ると、渚砂の立っているすぐわきに、床の1段低くなった貸し出しカウンターがあり――。

　そこに座っていた図書委員兼、前エトワール・カデットの狩野水穂《かのうみずほ》は、ニッコリと笑って見《み》慣《な》れない下級生に説明をした。

「こんにちは。何かご用だったらうかがいますわ。図書委員のお当番のおかげでこうしてカデット選も見れずにいるんですもの。せいぜいみなさまのお役に立ちたいわ……うふふ♡」

　そうだ、急がなくちゃ、私のこと応援《おうえん》してくれてる人だっていたんだもん！　渚砂だって少しはミアトルの役に立たなくちゃ、そうしたらみんなだってきっときっと渚砂のことわかってくれる――。

　エトワール選も見られないとこぼしたこの図書委員の上級生は、でも、実はエトワール選なんかにはまるで興味《きょうみ》のなさそうな穏やかな瞳《ひとみ》をしていて、なんだかとても優《やさ》しそうで――渚砂は思い切って言ってみた。

「あの、私ここで待ち合わせをしているんです！　カデット選の前に渚砂にどうしても見せたいものがあるってお手紙が――あの、ちょっと遅くなっちゃったんですけど、誰か渚砂を――4年月組の蒼井渚砂を訪ねてきた方はいないですか!?」

「4年月組の蒼井《あおい》渚砂!?　じゃああなたが――」

　言いかけて水穂の口がぱっくりと開《あ》いた。

「——でも、どうして⁉　今頃はもうカデット選が始まっている頃じゃ——」

驚《おどろ》く水穂《みずほ》に渚砂《なぎさ》は勢《いきお》い込んで言う。

「いいんです！　いや、あの、そうじゃなくて——どうしてもカデット選に出る前に見なくちゃいけないものがあるんです！　だって今のままじゃ、渚砂、勝ち残れる自信なんて全然ないから——あの、それさえ見たら急いで、もう猛《もう》ダッシュで行くから大丈夫です。きっと間に合います——」


そのとき。

何かが渚砂の目に飛びこんできた。

緑色に光る五芒星《ごぼうせい》。

ミアトルの制服のネクタイの色でできた星、ミアトルスター……。


「図書館にてお待ちしています。

高貴《こうき》あるミアトルスター、緑色の星を目印《めじるし》に——」


呼び出された手紙の文句《もんく》がよみがえってくる。

それは水穂の座っているカウンターの上に置かれた分厚《ぶあつ》い本の表紙に、光る箔《はく》の特殊《とくしゅ》な加工で大きくプリントされていた。

スピカの白い星とル・リムの紅《あか》い星に挟《はさ》まれて――その本の名は「アストラエア名鑑《めいかん》」。

「ああ、これは「アストラエア名鑑」といって、毎年ミアトルを含めたこのアストラエア3校の歴史が――」

「あのっ、これって――」

切迫《せっぱく》した渚砂の勢いにつり込まれて説明をしようとした水穂の言葉《ことば》の続きをまったく聞かずに、渚砂はがばっとその本を持ち上げた。

本の後ろのほうに緑色の付箋《ふせん》が付いている。

そこには小さな筆記体《ひっきたい》の文字で「To Nagisa」と書かれていた。

これは――。

折りグセの付いたそのページを開けると、そこにはページ全面を使った大きな写真が掲載《けいさい》されている。

写っていたのは、優雅《ゆうが》に、怖《こわ》いほど美しく笑っている――エトワール冠をかぶった静馬《しずま》お姉《ねえ》様《さま》と。

その横にいるのは小さなティアラをつけた美しい――。

「あ――これって――」

渚砂《なぎさ》は絶句《ぜっく》した。

渚砂の開けたページを覗《のぞ》き込んで水穂《みずほ》が苦笑《くしょう》する。

「ああ、これ――そうなの。静馬《しずま》様にお相手を頼まれて仕方なく私が――ね。畏《おそ》れ多いことだったのだけれど――」

言いかけてから水穂は渚砂の様子《ようす》に気づき、あわてて言い足す。

「あっ、でも、違うのよ！　気にしないでいいの。私は――静馬様とは小学校からの長いお付き合いをさせていただいていて……仲良くしてはいただいているけれど、あの方のパートナーとかそういうものでは、全然ないの。ね、安心して。あの方は私なんかよりもずっとずっと上の――雲の上のお方だわ。だからこのときも、ただ適当《てきとう》な相手が――いらっしゃらなくて――」

水穂はその肝心《かんじん》なところでどこか苦しそうに目を泳がせる。

「たまたまおそばにいた私が――だからあなたが気にすることはないのよ。このことは去年在籍《ざいせき》していたミアトル生なら誰もが知っていることだし――」

そう言って弱々しく微笑《ほほえ》んだ。

水穂は、内心《ないしん》この下級生に同情しているのだ。いや応援《おうえん》していると――言ってもいいのかもしれない。大好きなあの方の――水穂の憧《あこが》れの女神《めがみ》のために。

水穂の栗色《くりいろ》の柔らかそうな髪《かみ》に天窓《てんまど》から射し込む日光が美しく光る。

その優《やさ》しげな雰囲気《ふんいき》にのまれた渚砂は、そっか、この人もやっぱり静馬お姉様《ねえさま》のことが――

と直感的に感じとって……。

でもやっぱり渚砂なんかよりもずっとずっと優《すぐ》れた人だ――この人にとって静馬お姉様が雲の上の人だっていうのなら、渚砂なんかもう、月とすっぽんどころか、女神とモグラ、銀河と小石だよ――。

そう思いながら。

ふと。

写真に添えられた数行《すうぎょう》の紹介文《しょうかいぶん》に――ごく小さな文字の列に目を留めた。

＊

「では次のカップルは前のほうへお願いします――」

その頃乙女苑《おとめえん》の入り口では。

スピカ生徒会長、冬森詩遠《とうもりしおん》の司会で、粛々《しゅくしゅく》とカデット選が進められていた。

詩遠に呼ばれた候補者《こうほしゃ》の２人が、天使のレリーフ中央にある五芒星《ごぼうせい》の形の星の穴の前に進み出る。

係の者の手で、透き通った白いベールをかぶせられた2人は、ひざまずいて片方の手を握《にぎ》り合い、そのままその手を穴の中に入れる。

「もっと奥まで……」

詩遠《しおん》に言われて、2人の手は外から見えなくなるまで奥に入れられる。

そして、質問が読み上げられる。

「エネ候補《こうほ》たる聖ミアトル女学園5年月組、四乃木真名《よのぎまな》に聞きます——あなたは隣《となり》にいるカデット候補をどんなときにも守り、助けることを誓《ちか》えますか」

質問には原則としてイエスで答えることになっているらしい。

「はい——誓います」

エネ候補が答えると。

「それでは、その誓いを形で示してください」

詩遠が続ける。

言われたミアトルのエネ候補者は、星の穴から手を抜き取ると、立ち上がってカデット候補を呼び寄せ、何事かを耳にささやき、カデット候補の顔を真っ赤にさせると——。

——彼女をお姫様抱っこした。

「このように彼女を守り助けることを誓います」

きゃ——

かっこいい――

私も守って――

会場にやんやの喝采《かっさい》が巻き起こり、集まった観客の前にしつらえられた籐《とう》の籠《かご》に、たくさんの花が投げ入れられる。

花は会場に用意されていたものを観衆《かんしゅう》が取って、よいと思うカップルの質問時に投げ入れるのだ。

「では次に――カデット候補である聖スピカ女学院5年アン組、武田《たけだ》エステルに聞きます――あなたは隣《となり》にいるエネ候補を――」

質問は最大で5つまで。

それまでに花で籠をいっぱいにできなかったら、ここでの敗退《はいたい》が決まる。

名のあるスター候補たちはほぼ100%残ることができるが、だいたいエントリーの3分の1程度のカップルがここで脱落《だつらく》すると言われている。

残ったカップルの順位は翌日のエネ選で決められ、ここでの勝者が第1の冠、初選の〝小さな冠《プティット・クローヌ》〟を手に入れるのである。

本来は2回選で行われることの多いこの形式――「真実の口」は。

要はパフォーマンス重視の人気投票なのである――。

＊

「あっ、千代《ちよ》ちゃんみーっけ♡」

そんなカデット選の観客の輪の中に。

玉青《たまお》が能天気《のうてんき》な様子《ようす》でやって来た。

「あ──玉青お姉様《ねえさま》──」

一瞬《いっしゅん》泣きそうになるほどホッとした顔を見せた千代は、しかし、玉青が1人であることに気づくと、さらに泣きそうな顔になって言った。

「渚砂《なぎさ》お姉様が──渚砂お姉様が行方不明《ゆくえふめい》なんです──」

──ぽろり。

ついこらえきれずに涙がこぼれた。

「ええっ、そんな──だって先刻《さっき》、忘れ物があるからって別れて──大丈夫すぐ行くからって言ってたわよ？　なんだか思ったより燃《も》えてて、秘策《ひさく》があるとかなんとか──ああ、よかった渚砂ちゃんたらようやくやる気になったのねって喜んでたのに──」

玉青は死ぬほど驚《おどろ》いた。

逃げちゃうような──どんなに怖《こわ》いことがあっても逃げちゃうようなそんな子じゃないのに──ここ数日の、上級生の呼び出しに健気《けなげ》に耐え続けていた渚砂の笑顔を思い出す。

「何か事故でもあったのかしら？」

急に真剣《しんけん》な顔になった玉青に、千代はますますおののきながら——。

「どうしましょう……でも、もうすぐ渚砂お姉様たちの番で——静馬《しずま》お姉様はもう呼ばれて行っておしまいになったんです——」

ふるふると震えながら言う。

「今何組目なの？」

「ちょうど半分、７組目です。お姉様たちは10組目だから……」

「仕方ない——ちょっとでも順番を後にしてもらうしかないわね。私これから行って交渉してくるから——千代ちゃん、後で一緒《いっしょ》に渚砂ちゃんを探しに行きましょう。いいわね？」

「は、はいっ！」

たくましい玉青の横顔に、千代は少しだけ——安心することができた。

玉青お姉様って頼もしい——千代の胸の奥がふんわり温《あたた》まった。

＊

図書館で。

渚砂が目を落としたアストラエア名鑑《めいかん》のそのページ。

昨年のエトワールの戴冠式《たいかんしき》の写真の紹介文《しょうかいぶん》には。

小さな文字でこう書かれていた。

エトワール・エネとなった聖ミアトル女学園5年雪組、花園静馬《はなぞのしずま》さんとカデットの同じく5年雪組、狩野水穂《かのうみずほ》さん。戴冠式《たいかんしき》で花園静馬さんは「このエトワール位は私たちのかけがえのない友人、本当ならここにカデットとして立っていたはずの私のかわいい妹、今は亡き桜木花織《さくらぎかおり》に捧《ささ》げます。私のすべての愛をあなたに……」と空に向かって報告《ほうこく》され、全ミアトル生の紅涙《こうるい》を絞《しぼ》りました。この日はエトワール史に残る名場面となりました。

これって――――

渚砂《なぎさ》は胸を打ち抜かれたような衝撃《しょうげき》を受けた。

あの手紙の文面が再びよみがえってくる。

「そこであなたは今度のエトワール選と静馬様の真実を知ることになるでしょう――静馬お姉様と我がミアトルの勝利の栄光が永遠《えいえん》に守られることをお祈りしております」

これって、どういうことなの――――!?

そのとき。

図書館の柱時計が鳴った。

ボーンボーンボーンボーン……。

時計の針はすでに2時を回っていた。

＊

「それでは、エネ候補《こうほ》たる聖スピカ女学院5年トロワ組、鳳《おおとり》天音《あまね》に聞きます──あなたは隣《となり》にいるカデット候補をどんなときにも守り、助けることを誓《ちか》えますか──」

それまでのざわつきから一転、固唾《かたず》をのんで見守る観衆をよそに、落ち着いた詩遠《しおん》から1つ目の問いが発せられた。

乙女苑《おとめえん》の入り口前、真実の口のレリーフの中央でひざまずいている天音は。

「はい──誓います」

そう言ってゆっくり光莉《ひかり》のほうを見ると、横で天音と同じようにひざまずいている光莉は、ふるふると震《ふる》えて天音のほうを見ようともせず、真《ま》っ直《す》ぐに前を向いて目をつぶってしまっている。

──緊張《きんちょう》しているんだな──

かわいそうに思うのと同時に。

ああ、なんてかわいらしいのだろう――そんな気持ちが湧《わ》き上がってきて。

天音《あまね》は1人笑ってしまった。

そして。

「それでは、その誓《ちか》いを形で示してください」

天音はこんなときにあまり気のきいたパフォーマンスなどを思いつくほうではないので――。

これまでのカップルたちのように、光莉《ひかり》を立ち上がらせると――

「このように彼女を守り助けることを誓います」

――誇《ほこ》らかにその胸に、光莉をプリンセスのように抱いた。

なんの小細工《こざいく》もなくただ光莉を胸に抱いて、すっと――天に向かって立ち上がった天音のその姿は。

その長身と凛々《りり》しい顔があまりにも堂々として――爽《さわ》やかで。

そして、こうしたパブリックな場面では珍しく、天音にしてはとてもリラックスしているその晴れ晴れとした笑顔《えがお》と雰囲気《ふんいき》が――なんとも言えない――幸福感にあふれていた。

それをただ眺《なが》めている人にまでも伝わってくるような――幸せな2人、想い合う2人の金色のオーラは春の陽射《ひざ》しに眩《まばゆ》いほどに輝《かがや》いて――。

きゃ――――！
もうやめて――――!!
でも、ステキすぎる――――！
天音王子――――!!
私も抱いて――――♡
こんなの見たくない――――!!!
観客の間から、歓声とも怒号《どごう》ともつかない叫び声がこれまでの数倍のボリュームで広がった。
もうこれ以上見ていたくないという天音ファンたちが撒《ま》き散《ち》らす花が辺《あた》りに乱れ飛ぶ。

「これは――さすがだわね……ふふ」

詩遠《しおん》はまずは手応《てごた》えアリといった様子《ようす》で苦笑《くしょう》し、観客に静粛《せいしゅく》を求める。

「みなさん、お気持ちはわかりますがもう少しお静かにお願いいたします――では２つ目の質問です」

そこで――もう一派《いっぱ》は――。

天音《あまね》の晴れ姿をより多く、少しでも長く見たいがためにこれまでじっと……賛辞《さんじ》の花を投げたい気持ちをこらえて控えていたもう一方の天音ファンたちは、ごくりと身を前に乗り出した。

詩遠は池の鯉《こい》にえさを投げるような気分さえして、満面《まんめん》の笑みを浮かべ次の質問を発する。

「それでは、エネ候補《こうほ》たる鳳《おおとり》天音《あまね》に聞きます――あなたは隣《となり》にいるカデット候補をどんなときにも愛し、例え互いが夫を得ようとも生涯《しょうがい》変わらぬ愛を捧《ささ》げることを誓《ちか》えますか――」

きゃあ――っ……

会場からこの世のものとも思えない悲鳴《ひめい》が湧《わ》き起こった。

＊

まったく、詩遠《しおん》お姉様《ねえさま》ったら――あんな隠《かく》し球《だま》……天音お姉様のときだけ質問を変えるなんてずるいわ――。

そのときギリギリと――会場の隅《すみ》っこで歯がみをしたのは南都夜々《なんとやや》だった。

「まったく――こんなことされたら、ますます光莉《ひかり》ちゃんが天音お姉様に傾《かたむ》いていってしまうじゃないの――初心《うぶ》な光莉ちゃんがあの不器用《ぶきよう》な天音お姉様に恋なんかしても傷つくだけよ！ そういうとこ、ちっともわかってないんだから、みんな――」

そう一人ごちると。

後ろから笑い声がした。

「まったく同感だわ♡ 学園の女王様と編入生なんて――小説じゃないんだから。傷つくのはわかり切っているのに――でも……どうやらそっちのカップルのほうが重症《じゅうしょう》みたいね？」

夜々が振り向くと、そこにいたのは同病相憐《どうびょうあいあわ》れむといった表情でニヤリと笑う玉青《たまお》だった。

「あら、そんなこと——」

どうやらこの2人も知り合いらしい。

「今だけよ。最初の熱病が去れば——今に光莉ちゃんにもわかるわ。天音お姉様と一緒《いっしょ》にいても傷つくことのほうが多いってこと。きっと苦しい辛《つら》い思いをして——だからそのときに光莉ちゃんのそばにいてあげたいの、私は」

夜々がいうと玉青は言った。

「私と違って、気が長いのね♡　うらやましいわ……でも」

そう言って会場正面《しょうめん》を指さした。

「今度ばかりは——うかうかしてると、挽回《ばんかい》不可能になっちゃうかもよ？」

会場にまたひときわ甲高《かんだか》い嬌声《きょうせい》といっそうのどよめきが走り——。

あわてて前を向いた夜々の眼前《がんぜん》には、天音から誓いのキスをその額《ひたい》に受けようとしている光莉が——気を失って天音の腕の中に倒れ込む姿が飛び込んできた。

——きゃ——っ、もうやめて——!!

絶叫《ぜっきょう》に近い悲鳴とともに、会場の空に生徒たちが放り投げる無数《むすう》の花が乱舞《らんぶ》した。

＊

そして——。

「あっ——渚砂《なぎさ》お姉様《ねえさま》!!　よかった！　お探ししてたんです、今までどこにいらっ——しゃったの——」

——ですか？　という最後の言葉《ことば》は声にならなかった。

渚砂の——雰囲気《ふんいき》があまりにいつもと違うので。

天音《あまね》と光莉《ひかり》の強烈《きょうれつ》なシーンを指の隙間《すきま》からドキドキしながら見ていた千代《ちよ》は、突然会場に現れた渚砂に驚《おどろ》いて、あわてて駆《か》け寄ったのだった。

しかし照《て》れくさそうにごめんごめん——と言った渚砂は、硬い表情で千代の顔をまともに見ようとすらしなかった。

「……まだ間に合うのかな？」

「ギリギリですけど間に合いました！　玉青《たまお》お姉様が交渉《こうしょう》してくださって……1番最後に順番を変えていただけたんです！　静馬《しずま》お姉様はもう前のほうで準備してらっしゃいますわ。渚砂ちゃんは絶対に来るからっておっしゃって……」

千代がそう言うと、小声でありがとうとだけ言って、渚砂は運営委員のいる方向に向かった。

その後ろ姿がなぜかすごく淋しそうで。

「あのっ――お姉様――」

千代は思わず後ろから声をかけてしまった。

「何？」

でも振り向いた渚砂に、千代はなんと言っていいかわからなくて。

「がんばって――ください――」

ただそう言うことしかできなかった。

渚砂はそれでもにっこり力なく笑って、うん――と。

応《こた》えてくれた。

＊

「こっちよ、渚砂」

舞台となっているレリーフのある前方に移動するなり、鋭《するど》い声がして。

渚砂は誰かに腕を引っ張られた。

渚砂が驚《おどろ》いていると、静馬はそんな渚砂の様子《ようす》にはお構《かま》いなしに、何を言う間《ま》も与えずにテキパキと渚砂の髪《かみ》を整え、ベールをかぶせ……あげくに厳《きび》しい表情で渚砂の全身をチェックして――。

「これでよしっと」

ようやくホッとした顔をした静馬《しずま》は。

「心配したのよ？　おなかがグルグルになってまた急にトイレでも行きたくなっちゃったの？」

そう言って渚砂《なぎさ》の頬《ほほ》をつんとつついた。そしてやはり渚砂が何も言わないうちに――

「ほら、もう出番《でばん》よ――大丈夫、渚砂は何もしなくていいの、ただ私《わたくし》に従っていれば大丈夫だから――」

渚砂の硬い表情をどう勘違《かんちが》いしたのか、静馬はそう言って――

真実の口の前に1歩を踏み出した――。

＊

「それでは、エネ候補たる聖ミアトル女学園6年雪組、花園《はなぞの》静馬に聞きます――あなたは隣《となり》にいるカデット候補《こうほ》をどんなときにも守り、助けることを誓《ちか》えますか――」

1問目は他のカップルと同じだった。

しかし演出好きの静馬は、他のカップルと同じお姫様抱っこではなく、驚《おどろ》いている渚砂にひざまずいての誓いをしてみせた。

渚砂は呆然《ぼうぜん》と――どこか定まらない視線のままそれを受け――。

大いなる歓声とブーイングが湧《わ》き起こり、やはり無数《むすう》の花が乱れ飛んだけれど、2人の前に置かれた籠《かご》が花でいっぱいになるまでには至らなかった。

そして2問目——。

詩遠《しおん》はコホンと咳払《せきばら》いをした。

そして珍しく——

「それでは、エネ候補たる花園静馬に聞きます——」

ここで声を震《ふる》わせて、呼吸《こきゅう》を止めた。

やはりためらいが走る。

心を鬼《おに》にして決めたはずの設問《せつもん》だったけれど、本当にこんなことをしていいのだろうかと、今になって自問《じもん》する。

しかしためらう詩遠の姿は、観衆にとっては逆効果で——会場内はさらなる期待にあおられた。

ざわざわと次なる刺激《しげき》を求めて高まる会場の熱気。

ここで一気に場内を破裂《はれつ》させる爆弾《ばくだん》を落とすことこそ、詩遠の目的であり、またスピカを勝利に導《みちび》くための当然の帰結《きけつ》であったのだけれど——。

緊張《きんちょう》のためか表情の硬くなっている渚砂《なぎさ》と——その隣《となり》に婉然《えんぜん》たる笑みを浮かべてひざまずいている静馬《しずま》の姿を見やって、思わず詩遠《しおん》は天を仰《あお》ぎ目を閉じた。

——ああ、静馬様、罪深《つみぶか》き私をお許《ゆる》しください——。

「あなたは隣にいるカデット候補《こうほ》と、今生《こんじょう》のみならず来世《らいせ》においても——ただ1人唯一《ゆいいつ》のパートナーとして結《むす》ばれたいと願いますか」

——うわあああああっ——

生まれ変わったその後でさえも唯一無二《ゆいいつむに》の愛人となることを宣言するかという残酷《ざんこく》なその問いに、会場全体から嵐《あらし》のような怒号《どごう》が巻き起こって——渚砂には途中《とちゅう》から何が起こっているのかよくわからなくなった。

ただ耳に残っているのは、来世においてもただ1人のパートナーという言葉《ことば》と——

そのとき、真実の口の穴の奥で握《にぎ》り合わされていた静馬の手が、びくっと大きく震《ふる》えたことだけ——。

先刻《さっき》図書館で見た、静馬のエトワール姿の写真がよみがえってきた。
あまりにも美しく、いかにも気の強そうな、女王のような威厳《いげん》のある笑みと――添えられた写真の紹介文。

本当ならここにカデットとして立っていたはずのかわいい妹――
今は亡き桜木花織――
私のすべての愛をあなたに……

あ――。

わかっちゃった――。
いくら鈍感《どんかん》な渚砂にだって、ここまでくればわかるよ――。
静馬お姉様《ねえさま》にはきっと私なんかよりもずっとずっとお似合《にあ》いな――
ずっとずっとふさわしい――
本当のステディなパートナーがいたんだ――。

でも――。

わかりたくなんかなかったよ、そんなこと――。

みんな、渚砂《なぎさ》がいい気になってるの見て、おかしかっただろうな……。

うぅん、怒ってる人もいたかもしれない――。

そうだ――

そうだよ、きっと――

渚砂なんかが静馬《しずま》お姉様《ねえさま》となんて、考えてみれば最初からおかしな話だったんだ――。


頭の中が真っ白になって、渚砂の動きが止まった。


そのとき、静馬が立ち上がった。

渚砂の手をしっかりと握《にぎ》ったまま――渚砂も引きずられるように立ち上がる。

静馬は、大衆に挑《いど》むように向き合うと渚砂の手を高々と差し上げて――眦《まなじり》を決して咆《ほ》えるように叫《さけ》んだ。

「私《わたくし》は――誓《ちか》います。ここにいる蒼井《あおい》渚砂をただ1人のパートナーとして未来永劫《みらいえいごう》――」

静馬が誓いの言葉《ことば》をすべて言い終わるより先に、今日《きょう》1番の大きな悲鳴《ひめい》と怒号《どごう》と雄叫《おたけ》びの渦《うず》

が湧《わ》き起こり――。

もう、そこから先は言わないで――という乙女《おとめ》たちの悲鳴《ひめい》が。

まるでリングサイドに投げ入れられる黄色いタオルのように――

投げ入れられる花で空が紅色《べにいろ》に染まった。

＊

「渚砂《なぎさ》、今日《きょう》はとってもえらかったわ――トイレのことは大目《おおめ》に見てあげる。明日《あした》のエネ選もまた、がんばりましょうね」

結局――。静馬《しずま》はカデット選が終わるとそう言って、同じクラスの取り巻きらしき人と一緒に、そそくさと渚砂の前から消えてしまった。

渚砂には何も――何一つ真実を語らずに。

取り残された渚砂はなんだか気が抜けて――これまでのことはすべて自分の気のせいだったのかもしれない、と思ってしまいそうになったけれど、カデット選が終わって次第に散っていく観衆《かんしゅう》を呆然《ぼうぜん》と見ているうちに、その中に1人佇《たたず》む千代《ちよ》の姿を見つけて――駆《か》け寄った。

「千代ちゃん！」

「渚砂お姉様《ねえさま》――すごく――すごくご立派《りっぱ》でした」

千代の目には涙が浮かんでいた。


そう言えば――渚砂は思い出した。

千代が図書委員だったこと。

あの、水穂《みずほ》が座っていた同じカウンターに、千代も座っているのだということを――。

＊

「あの、千代ちゃん。ちょっと――聞いてもいいかな？」

千代はそれをなんとなく予感《よかん》していたように、無言《むごん》でこくんと――頷《うなず》いた。


そして――。

千代は教えてくれた。

自分はそのときまだ入学していないから、すべてを知っているわけじゃないけれど――と、前置きをして。

ただ、その悲しいお話は。

もうすぐ憧《あこが》れの中等部に上がれるという喜びと、早く大人《おとな》に近づきたい気持ち、ちょっとでも背伸びをしていたい年頃だった小学部上級生の千代《ちよ》たちの間でもひどく流行《はや》ったのだそうだ。

大人の世界を——憧れのお姉様《ねえさま》たちの世界をのぞき見るような気持ちで——。

千代たちは何度となくその話をしては、ため息をついたものだったらしい。

一昨年《おととし》——。

それはまだ静馬《しずま》が4年生で、学園の中枢《ちゆうすう》を担《にな》っていた頃。

翌年にはエトワールになることを誰からも確実視されていた静馬には、誰もが認めるパートナーがいた。

それは3年雪組の桜木花織《さくらぎかおり》——。

静馬にも負けないようなとびきりの美少女だったけれど——とにかく線の細い、触《ふ》れたらすぐにも壊《こわ》れてしまいそうな儚《はかな》いガラス細工《ざいく》のような印象《いんしよう》の娘だったという。

彼女は完璧《かんぺき》に静馬を崇拝《すうはい》していて、静馬がいなければ生きていけないとでもいうように静馬を頼り切っている様子《ようす》が、傍目《はため》にもうらやましいほどに映ったという。

「ただ、でも——」

千代はおそるおそる言った。

「その花織様の静馬お姉様へのご執心《しゅうしん》ぶりは本当に誰の目にも明らかでしたけれど、どちらかというと静馬お姉様のほうは――昔から、あのとおり、とても華やかで人気がおありでいらした方ですから――」

最初はそれほどでもなかったらしいと千代は言った。

ただ、ある事件が起きて――。

それは花織が病《やまい》に――倒れるという悲劇《ひげき》だった。

静馬とそんな仲になってからひと月もしないうちに、不治《ふじ》の病に侵《おか》されていることがわかった花織は――絶望して身を引こうとしたらしい。

「本当かどうかはわかりません――ただ、そんな噂《うわさ》なんです――」

申し訳なさそうに千代が言った。

それを静馬が烈火《れっか》のごとく怒った――。

それからの静馬は――本当に、花織につききりといった状態になったらしい――花を見れば花を届け、おいしいものや美しいものをいつも花織のために探して――病室は例外的にいちご舎内に設《もう》けられたらしい。

できる限り――最後までこの学園にいたいと――静馬《しずま》のそばにいたいと彼女が願ったから。

そんな花織《かおり》は、秋に発病《はつびょう》して。

木枯《こがら》しの吹く真冬に――。

彼女はこの学園を去ったのだという。

そして春に訃報《ふほう》が届いたのだと――


「そう聞いてます――」

沈痛《ちんつう》な面持《おもも》ちで千代《ちよ》が言った。

「その春のエトワール選に出られた静馬お姉様《ねえさま》は、本当に一回り――大人《おとな》になられたご様子《ようす》だったと誰もがおっしゃっているようでした。ええ、もう私が知っていることは、ただほんのこのくらいなんです――」

でも――こんなことは、私よりも玉青《たまお》お姉様のほうがきっとお詳《くわ》しいのだと思いますけれど――と言いながら、遠慮《えんりょ》がちに千代が微笑《ほほえ》むので。

渚砂《なぎさ》はつられて少しだけ、どうにかはにかんだように笑うことができた。

体の芯《しん》が冷たくなるような話だったけれど――。

「うん、でも、玉青ちゃんだと――きっと私に気をつかって本当のこと、教えてくれないような気がしたから。どうもありがとう……千代ちゃん。いやな役目させちゃって……ごめんね」

渚砂の弱々しい笑顔《えがお》に――
千代はこれでよかったのだろうかと激しく自問《じもん》してしまった。

＊

その夜――。

「やぁだ、渚砂ちゃんったらふさぎ込んじゃってどうしたの？　すっかり元気なくしちゃって……」

ばしゃばしゃばしゃっ――と音をたてて玉青がお湯のしぶきをはね飛ばす。

「そういうときは――」

明るい色のテラコッタ風タイルでできたローマ式のいちご舎の大浴場――その大きな浴槽《よくそう》に、玉青はばっしゃーんと飛び込んでいった。

きゃあっ――。

やめてよ――。

もう、玉青ったら――。

あちこちからさまざまな嬌声《きょうせい》があがって湯気《ゆげ》がモウモウとたちこめる室内に反響《はんきょう》する。

「ほら、こうやって泳いじゃうのも、いいものよ？　お家《うち》のお風呂じゃできないでしょ？　これがいちご舎のいいところの1つかな……なんちゃって——」

しかし、玉青《たまお》がいくらはしゃいでみせても、渚砂《なぎさ》は乗ってこない。

洗い場でビショビショと濡《ぬ》らしたスポンジをいじくり回しながら、洗うでも流すでもなく——ただただボンヤリしてため息をついている。

「うん——ありがとう。でも今日《きょう》はやめとくよ——なんか疲《つか》れちゃって——」

そう言って真剣《しんけん》に疲れた顔をした後で——でも渚砂は無理矢理笑顔《えがお》をつくった。

いけない、いけない、せっかく玉青ちゃんが元気出そうとしてくれてるのに！

「きっと——今日は慣《な》れないことといっぱいしたせいで、渚砂、緊張《きんちょう》して疲れちゃったんだよ、あははははっ♡」

一生懸命《いっしょうけんめい》笑ってみせる渚砂のこわばった笑顔に。

——もうっ、渚砂ちゃんたらぁっ♡

玉青は胸がきゅううぅんとしてしまって——自分でもどうにもならなくなった。

「うん、わかったわ。じゃあ今日は大サービス！　私が全身洗ってあげる♡」

浴槽《よくそう》からザバーッと仁王《におう》立ちに立ち上がる。

「ええええ――っ、そんなのいいよぉ！」

「ほら、遠慮《えんりょ》なんてしないで。いいからいいから――」

「ひゃーくすぐったい!!　やめてよ、玉青ちゃん――あっ――そこはっ――――ああああああっ」

ほわわわわん、と。

湯気《ゆげ》の向こうにシャボンが飛んだ。

＊

そして――

「これでよかったのだろうか――」と。

ここにも1人悩んでいる少女がいた。

前夜祭《ぜんやさい》の満月《まんげつ》を通り過ぎ、下弦《かげん》に入った月を1人バルコニーから眺《なが》めているのは、いちご舎スピカ寮に籍《せき》を置く、鳳《おおとり》天音《あまね》17歳。

春の恋――効き目十分のこの病《やまい》に彼女はすっかりやられている。

天音から額《ひたい》に口づけされそうになって緊張《きんちょう》のあまり気を失ってしまったときの光莉《ひかり》の顔が、今も天音の頭を離れない。

なんてひどいことをしてしまったのか——まさか倒れるとは思わなかったから——という思いと。

なんて美しい顔だったのだろうか——目をつぶったあのかわいらしい顔を思い出すたびに、あの顔にあのまま口づけしてしまいたかったという思いが——否《いな》も応《おう》もなく天音《あまね》の体中を支配して——天音は身悶《みもだ》えした。

「ああ——なんだか——」

これじゃあ夜々《やや》と同じだ——。

男嫌いで女性にしか興味《きょうみ》がない〝真性《しんせい》〟として名高《なだか》い後輩《こうはい》の名前を思い出して——。

私はおかしくなってしまったのだろうかと、頭をかかえる天音だった。

# 第6章

## 第29日
## 晴れ渡る涙の谷に虹が輝く

翌日。

アストラエアの丘は、よく晴れ、初夏《しょか》を思わせるほどの陽気《ようき》になった。

ブリヤンプルミエ後半、エネ選の朝。

「うわぁ……すごい人数！」

下準備のために生徒会の一員として参加しているスピカ生徒会見習い、明るい桃色《ももいろ》の輝《かがや》く長い髪《かみ》の1年生、奥若蕾《おくわかつぼみ》は馬場《ばば》に出て、思わず声をあげた。

授業開始前の早朝《そうちょう》に行われるというのに、このレースの観戦希望者はかなりの数に上《のぼ》った。

このレース——。

——そうエネ選はなんと、乗馬レースなのである。

さすが近隣《きんりん》にその名もとどろくお嬢様学校。

その代表であるエトワール・エネの候補《こうほ》たる

もの、お馬にぐらい乗れなくてはまったく務《つと》まらないということらしい。


聖スピカ女学院の西のはずれにある乗馬場——。

早朝《そうちょう》の馬場の一隅《いちぐう》に、それぞれの愛馬に乗ったエネ候補《こうほ》がずらりと並んでいた。

ヒヒヒーンと高らかにいななく馬たちは、どれもサラブレッド級に大きく、毛艶《づや》のいい、手のかかった見るからに高価そうな馬たちばかりだった。

その中にひときわ目立つ白馬《はくば》——栗毛《くりげ》や鹿毛《かげ》の馬が多い中、白馬は見事《みごと》に一頭だけだった——そのスターブライト号《ほしのひかり》に乗っているのは鳳《おおとり》天音《あまね》だ。

真っ白い乗馬ズボンに真っ白いジャケット、ロイヤルブルーのタイをしたその姿はまさに白馬の王子である。

そして、その隣《となり》にいる額《ひたい》に白い星をいただいた漆黒《しっこく》の馬——レクレールノワール号《くろいかがやき》に乗っているのは、天音とは対照的な真っ黒い乗馬ジャケットを着た花園静馬《はなぞのしずま》。

珍しくまとめられた銀色に輝《かがや》く髪《かみ》が、馬の黒に映《は》えている。

ほぅ——とその2人の姿を見たすべての観客からため息が漏《も》れたところで。

いきなりすべての準備の完了を告《つ》げる軽いファンファーレが鳴《な》った。

早朝行事《ぎょうじ》の展開は早い。

それを合図に奥まったウエイティングコーナーで足慣《あしな》らしをしていた馬たちが、準備はOKとばかりに馬場《ばば》へと一斉に飛び出てきた。

やる気は十分だ。

高貴《こうき》なる乙女《おとめ》たち——実力十分の、並みのオトコでは到底《とうてい》かなわないような選《え》り抜《ぬ》きの乙女たちが、馬首《ばしゅ》をめぐらせて目指すのは——。

馬場の中央、ひな壇のようにしつらえられた「とらわれの砦《とりで》」だ。

祭りの櫓《やぐら》のように4本の柱で簡易《かんい》に組まれた背の高い骨組みに、乙女たちの立つ軽い屋根付きの縁台があり、その台の高さは近くに建っている大きな厩舎《きゅうしゃ》の屋根を越えていてかなり高い。根本の一部に、馬でも昇《のぼ》れるようなスロープが一応付けてあるけれど、それも1メートルほどの高さまでで、そこから上に行くには細いハシゴを使うしかないようだ。

その縁台の上にカデット候補たちが思い思いの衣装でその場に登り——とらわれている。

赤いリボンの白雪姫や硝子《ガラス》の靴《くつ》のシンデレラ、長い髪を垂らしたラプンツエルもいる。

動きやすさも考えられたそれらの衣装は、どの候補もそれほどおおげさなものではないけれど、各々のカップルの後援者たちの手助けによって作られた、乙女心をくすぐる一品ばかり。

私もあんな衣装を着て、憧《あこが》れのお姉様《ねえさま》に救い出されてみたい——。

と、観る者のため息を誘《さそ》うような仕上がりになっていた。

そう――馬に乗っていなければ迎えられないような高みに、彼女たちは捕《とら》われており、颯爽《さっそう》と馬に乗った王子様――パートナーのエネたちが彼女たちを攫《さら》い取って救出してくれるときを今か今かと待っているのだ。

昨日《きのう》のカデット選で、5問のうちに籠《かご》を花でいっぱいにすることができたのは、エントリーした全17組中12組。

このエネ選では、その数をエントリーの半数程度まで絞るために、上位9組が勝ち抜けという形式が取られた。

そして――。

2度目の、今度は華やかな、本当のスタートを告《つ》げるファンファーレが鳴《な》った。

凜々《りり》しい馬たちが一斉に馬場を飛び出し、特別コースが設定された広大な乙女苑《おとめえん》のほうへと走り出す。

エネ候補《こうほ》たちはまず、馬場を出て緑に萌《も》える乙女苑の中にめぐらされた細い乗馬道を回ってから馬場に戻ってくることになっているのだ。

特別なときにしか使用されない広大な乙女苑を一周するこのコースは、かなりの長さがあるので、スタート時はまだまだ優雅《ゆうが》な出だしだ。

馬場を薄《うす》く、ぐるりと囲むように作られた観戦スペースに立った観客《かんきゃく》たちは、優美《ゆうび》な乗馬姿のエネ候補たちを存分《ぞんぶん》に目で楽しむことができる。

中にはオペラグラスなどを手に、すっかりアスコット気分の生徒もいた。

＊

「とらわれの砦《とりで》」は——思いのほか小さかった。

乙女たちが立つ縁台の周囲には手すり状にぐるりと１本の白いリボンが渡してあるけれど、それは頼りなく高所の風に揺《ゆ》れ、とてもつかまれるようなものではない。

12人のカデット候補、妹姫たちは縁台の中央部分に押し合い圧《へ》し合い状態で——エネの助けを待っていた。

そして、すでに場外で熾烈《しれつ》な戦いを繰り広げているはずのエネたちを待つ間に——。

今、ひしめきあうカデットたちの間に不穏《ふおん》な空気が漂《ただよ》っていた。

「あー狭《せま》いっ」

「これも飛び入りの人が２人もいるせいよね、きっと……」

これ見よがしにというわけじゃないけれど、群れる姫たちのどこからかそんな声が聞こえてくる。

「編入生は目立って得よね──」

「ごり押しで初選の演目《えんもく》まで変更《へんこう》になるし──」

「私たちだって何年も前からカデット目指してがんばってきたのに──」

「本当にいい迷惑《めいわく》だわっ」

あー──これって私のことだよね、やっぱり本当に怒ってる人もいるんだよなぁ……。

渚砂《なぎさ》はまだぼんやりと、昨日《きのう》のショックを引きずったまま、どうしたらいいかわからないような頭で縁台の隅《すみ》のほうからそれを聞いていた。

玉青《たまお》と千代《ちよ》がクラスメイトの手を借りて急いで作ってくれた渚砂の衣装《いしょう》は、真っ白い本物の羽をたくさん使った天使のドレスだ。

──見とれちゃうほどきれいな衣装には、どうしたってみんな弱いモノなんだから──。

玉青はそう言って本当に一生懸命《いっしょうけんめい》に作ってくれた。

静馬《しずま》の黒い乗馬服を悪魔《あくま》に見立てて、禁断《きんだん》の恋を演出《えんしゅつ》したつもりらしい。

今となってはそんな玉青の助力もありがたいものの、どこか悲しく──渚砂はぼんやりと周りを眺《なが》めていた。

──どうせ勝てってこないんだし──静馬お姉様《ねえさま》は本気で渚砂のこと誘《さそ》ったわけじゃない──

ただの遊びだったんだから──。

何もかも、もうどうでもいい――あとはもう早くこのエトワール選が終わってくれればいい――渚砂はそう思っていた。

「相手があの天音《あまね》様じゃ――どう転んだって決勝まではいけるに決まってるし――」

「本当は5大スターの剣城要《けんじようかなめ》様が天音様のお相手になるはずだったのに」

「あの2人のカップリングを見たかった人は本当に多いっていう話よ？」

「それなのに――」

「ねーぇ？」

その声にふと横を見ると――いたたまれなくなったスピカの生徒――どこか儚《はかな》げな人魚姫の格好をした光莉《ひかり》がふるふると足下《あしもと》を見つめているのに、すぐ近くにいた渚砂は気づく。

あ、そっか……この子かぁ、かわいそうだなぁ――。

出場しないと思われていた静馬お姉様の相手になった私よりも――この子のほうが風当たりがきついんだ、きっと――。

玉青から、スピカの事情も一応は聞いていた渚砂は、自分のことは棚《たな》に上げてすっかり光莉に同情してしまった。

レースの緊迫感《きんぱくかん》をよそに渚砂はぼんやりと思う。

そうだよね……スピカ1番の王子様って渚砂《なぎさ》も聞いてたくらいだし、それが昨日《きのう》のあの騒《さわ》ぎじゃ——うん、ヘタすると渚砂よりも妬《ねた》まれてるかも。

かわいそう——蹴《け》られても踏まれても頑丈《がんじょう》な渚砂と違って、この子、わりと気が弱そうだし……誰かに突き飛ばされて転んだりしたら、すっごく泣いちゃいそうな感じ——。

渚砂は、そうゆうときでも、笑っちゃえるほうなんだけどね！

ヘンに盛り上がって鼻をかく。

あはっ、自分で言っててちょっと照《て》れてきたぞっ！

なんて、思った渚砂が——。

ねぇ、大丈夫？　あんなの気にすることないよ——と声をかけようとしたそのとき。

＊

わあああっ——と歓声《かんせい》が湧《わ》き上がって。

乗馬場の門が大きく開いた。

派手《はで》な土煙《つちけむり》を立てながら先頭を切って戻ってきた馬は——

真っ白な白馬、天音《あまね》の駆《か》るスターブライト号《ほしのひかり》だ！

しかしそのすぐ後に2馬身《ばしん》ほどあけて、光る漆黒《しっこく》の馬、銀髪《ぎんぱつ》の静馬《しずま》を乗せたレクレールノワ《くろいかが》ール号が続いている。

　大方《おおかた》の予想どおり、スピカ乗馬部のエース天音と、海外にも牧場を所有しているというパワフルな実家を持つ静馬の一騎打《いっきう》ちという結果になったようだ。

「きゃあ――、天音様がんばってー!!」

「静馬様――、そんな白い馬は抜き去ってください――」

ここぞとばかりに観客席から割れんばかりの大歓声が湧き起こる。

これからがいよいよ勝負、本番なのだ――。

「とらわれの砦《とりで》」にいるカデットたちも、身を乗り出して我が愛するエネの順位を見定めようと縁台の端に詰めかけた。

と、そのときだった――。

「きゃあっ――」

突然《とつぜん》、小さな悲鳴《ひめい》が渚砂の耳に届いて――

瞬間《しゅんかん》、渚砂の目に入ってきた光景は――

自分のすぐ脇でとらわれの砦《とりで》とされている台の端から、足を踏み外しそうになっている光莉《ひかり》と、人垣《ひとがき》の隙間《すきま》からその背中にかいま見える1本の腕――。

満員電車状態になっている台の端で、誰が押しているのかはわからないが、その腕に押されて光莉が――。

今や厩舎《きゅうしゃ》の屋根をも越える高さのとらわれの砦の上から落ちかかっていることは明白《めいはく》で――。

そんな光景が渚砂《なぎさ》の目にはまるでスローモーションのように見えた。

とっさに――渚砂は思った。
この子は自分の好きなお姉様《ねえさま》――天音《あまね》王子様からすごく、ものすごく愛されて――他の子から嫉妬《しっと》されてこんな目に遭《あ》うほど愛されてこの台の上にいるんだ――。ここで落ちたら、またなんて言われるかわからない――スピカの勝利を邪魔《じゃま》したって、天音様のお荷物《にもつ》って指《ゆび》さされて――。

でも、それに比べて渚砂は――。

ごり押しの飛び入りって言ったって、しょせん、静馬《しずま》お姉様の思いつきだし――。

本気でエトワールになれるなんて思ってもいないし――。

そもそも静馬お姉様はもうすでに1回エトワールになってるんだし――。

それも、渚砂なんかよりもずっとずっときれいで素敵《すてき》な子と、すごく大切な思い出があって、

それで――。

それで――。

それからはもう、一瞬《いっしゅん》の間の出来事で。

渚砂は、何がなんだかわからなくなった。

そして気がついたら――。

渚砂は、動き出していた。

混乱《こんらん》したその人垣に大きく体当たりをして――

光莉を助けていた。

そしてその代わりに――

自分が落ちかかることになろうとも。

渚砂はまったく気にならなかった。

というよりも――

むしろ落ちたいくらいだった。

こんな舞台から降りられたらどんなに楽だろう――。

静馬お姉様と知り合わなかったら、こんなに苦しい思いをしないで済んだのに――。

そんな絶望が――。

もしかしたら落ちなくても済むはずの渚砂《なぎさ》の体のバランスを崩《くず》させたのかもしれなかった。

「きゃあああっ」

落ちかかる渚砂に縁台中のカデットが一気にパニックになった。

とっさにどんと光莉《ひかり》に体当たりをしてその体を砦《とりで》の中に押し込んだ渚砂が、その勢《いきお》いでバランスを崩《くず》し、そのまま縁台のふちから足を踏み外してしまったのだ。

この高さの台から落ちれば大怪我《おおけが》はしなくても決して軽くは済《す》まないことは目に見えているし、それより何より、この縁台はもちろん馬の通るルート上にあり、今まさに馬が到着《とうちゃく》しだしたここで落ちたら――最悪の場合、逃げおおせる前に馬に踏まれる恐れがある――。

しかし、あわてふためく周囲をよそに、両手の先だけでなんとか台にしがみついている渚砂は、光莉に向かって力なく笑って言った。

「いいの、大丈夫……渚砂は大丈夫だから――みんなと違って頑丈《がんじょう》だからこれくらいから落ちたって大丈夫――それにこれで失格になっても、静馬《しずま》お姉様《ねえさま》はきっと怒らないよ――」

「そんな……いけないわ、それじゃああなたが！　あなたのお姉様だってきっと悲しむ――」

叫ぶ光莉の姿を見ながら――。

渚砂の脳裏《のうり》に昨日《きのう》の真実の口の2問目でこわばっていた静馬の顔が浮かぶ。

会場から取り巻きの1人と一緒《いっしょ》に去っていった後ろ姿。

そして図書館で見たあの写真。

解説文に書かれた文字、「私のすべての愛をあなたに……」――

「うぅん、そんなことあるわけない。静馬お姉様はきっと今頃は、渚砂とエトワール選に出たことを後悔《こうかい》してるくらいだよ――」

しかし渚砂が力なく、まるで何かに浮かされたようにそこまで言いかけ。

あろうことか台につかまっている手を自分から離そうとした、そのとき――。

とらわれの砦《とりで》に。

一陣《いちじん》の風が到来《とうらい》した。

ああ、間に合わないのか――落ちる――事態に気づき緊迫《きんぱく》した観客席の声と同時に。

根本のスロープから真っ白い風のような馬が宙を跳《と》んだ――鞍上《あんじょう》の王子が縁台の端にいた白い姫に向かって手を差し出し――光莉を縁台の上から攫《さら》うようにその腕に抱きかかえる。

すると光莉は、事態に気づかずそのまま走り去ろうとする天音《あまね》の腕から、今や泣きじゃくって渚砂のほうへと向かって必死に手を伸ばし――助けて、助けてください――どうかあのミアトルの子を助けてあげて――私の代わりに落ちちゃうんです――と叫《さけ》び続けていた。

それを耳にした天音《あまね》が振り返り、縁台の端で落ちかかっている渚砂《なぎさ》に気づく――。

そのとき、渚砂はもうかろうじて片手で縁台のふちにつかまっているだけになっていた。

それを見た天音は確実にゴールに遅れることもいとわずに一瞬《いっしゅん》の躊躇《ちゅうちょ》もなく手綱《たづな》をひいて馬首《ばしゅ》を返す。

そして、再び砦《とりで》のスロープを駆け上がり、渚砂を下から抱きとろうとしたその瞬間《しゅんかん》。

「ばかっ、天音ったらやめなさい、人のものに手を出す気――」

鋭《するど》い叫《さけ》び声が聞こえて――

タッタタッタッ……ギャロップでつっこんでくる音が近づく。

「その手をお離しなさい!!」

そして漆黒《しっこく》の影が跳《は》ね――振り向く間もなく渚砂の体がふわりと宙に浮いた。

あ――

「ばかな子……本当にばかな私《わたくし》の天使――」

抱き留められた渚砂の耳に、ただ静馬《しずま》の小さな――誰にも聞こえないだろう小さなつぶやきだけが飛び込んできて――。

馬上《ばじょう》の汗ばんだ静馬の体の匂いが、むせかえるように渚砂を包んだ――。

何がなんだかわからないうちに助けられて馬上《ばじょう》の人となった渚砂《なぎさ》の視界には、広がる青空と覗《のぞ》き込む静馬《しずま》の顔しか見えなくて――。

逆光《ぎゃっこう》に眩《くら》んでよく見えない長い銀髪《ぎんぱつ》に縁取《ふちど》られた静馬の顔から――光る涙の雫《しずく》が一滴、顔に降りかかるのを渚砂は感じた。

――いや、もしかしたら、それはただの汗だったかもしれない……。

急激な緊張《きんちょう》とそこからの解放で――渚砂は気が遠くなった。

静馬はそんな渚砂をしっかりと抱きしめると、にわかに体勢を立て直し、渚砂を助けるための勢《いきお》いで駆《か》け抜けたその余勢《よせい》でいつのまにかリードしていた天音《あまね》の前方から、向き直って再び叫《さけ》んだ。

「油断《ゆだん》したわね、天音! これで勝利はミアトルのものよ!! 私《わたくし》の作戦勝ちね♡」

「くっ……さすが静馬様」

とっさの判断《はんだん》でスピカの生徒が犯した失態をかばうその見事《みごと》さに天音はあっけにとられた。最初に落ちかかっていたのはどうやら光莉《ひかり》のほうらしい――だとしたらそこには同じスピカ生からの嫉妬《しっと》の匂いが漂《ただよ》う。それをあのミアトルの妹《カデット》が助けてくれた――私の光莉を助けてくれたのだ。その上、静馬様は自らが悪役になるかの様《よう》にあんな台詞《せりふ》を叫んでいる――。

——天音は一瞬《いっしゅん》の間《ま》をおいて。

口の端で笑ってから——腕の中の光莉に、しっかりつかまっているように伝えると、立ち上がってムチと拍車《はくしゃ》を入れた。

——わかりました、静馬様。こうなったら私も真剣《しんけん》に勝負をさせていただきます——そしてこれからは私自身の手でもっとたしかに——光莉を守る！

ヒヒヒヒ——ンと馬のいななきが響《ひび》き渡った。

そうして最後の場内1周——2人のデッドヒートは繰り広げられ。

場内は固唾《かたず》をのんでその成り行きに目をこらした。

どっちが勝つか——

天音か——

静馬か——

スピカか——

ミアトルか——

いったい勝利はどちらの手に————。

# 第7章

## 第30日
## そして至宝の冠は聖なる輝きで2人を祝福する

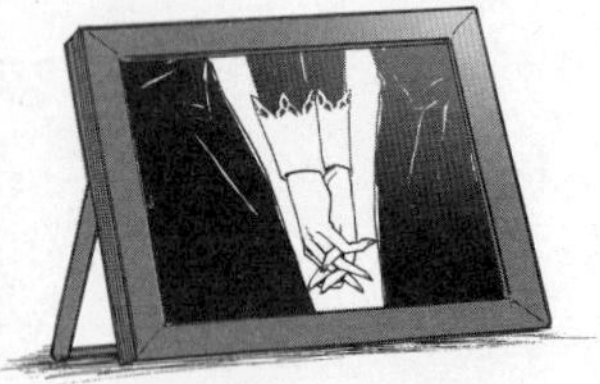

そよそよと。

優《やさ》しい風のそよぐ乙女《おとめ》苑《えん》の庭で。

穏《おだ》やかな春の光に包まれながら、静馬《しずま》はそっと渚砂《なぎさ》のそばに腰を下ろして言った。

「お疲《つか》れ様——本当に楽しい——エトワール選だったわね」

「はい——ちょっとだけ大変なこともありましたけど——」

縁台から落ちかかったときの無様《ぶざま》な自分を思い出して渚砂は苦笑《くしょう》した。

そんな渚砂を愛《いと》おしげに見やって静馬は言う。

「本当にありがとう——私《わたくし》——あなたのおかげでこんなに——またこんなに楽しい気持ちになれたわ——」

「そんな——渚砂のせいなんかじゃないです。静馬お姉様《ねえさま》は素敵《すてき》な方だから、いつも素敵なことが身の回りにあって――こんな華やかな学園生活で――そんな中で渚砂なんか――渚砂なんか――」

いつになく優しげな、ほっとするような静馬の態度《たいど》に――引き込まれては……いい気になってはいけないんだと渚砂はうつむいた。

唇《くちびる》を噛《か》みしめながら笑顔《えがお》をつくる。

「きっと渚砂はきっと少し勘違《かんちが》い――しちゃってたんです。なんにも知らなかったから――編入したばかりでまだ何も知らなかったから――。静馬お姉様がこの学園でどれだけすごい人かっていうことも、渚砂なんかじゃもう全然、ただ隣《となり》に一緒《いっしょ》にいるだけで不釣《ふつ》り合《あ》いだっていうことも――」

そして過去《かこ》にとても素敵なパートナーと、誰が見ても憧《あこが》れずにはいられないような、そんな完璧《かんぺき》なカップルだったっていうことも――。

一番言いたい最後のフレーズは、でも声にはならずに渚砂の胸の内だけで響《ひび》く。

すると静馬が悲しげな顔をして言った。

「あなたが何を知っているのか、誰に何を言われたのか――私《わたくし》は知らないわ。知りたくもないし、知らないほうがいい気がする――でも――ねえ、これだけはあなたに言っておきたいの」

静馬が渚砂の頤《あご》に手をかけて自分の目を見つめさせる。

ああ――やっぱり、拒《こば》みきれない美しい女神様《めがみ》だ――

その瞳《ひとみ》に映《うつ》りながら、渚砂《なぎさ》は思う。

「私《わたくし》のことを、私《わたくし》の言葉《ことば》だけを信じてちょうだい――私《わたくし》は花園静馬《はなぞのしずま》。嘘《うそ》は言わないわ――」

渚砂はこくんと頷《うなず》く。

「私《わたくし》の中には、これまで生きてきた中で、夢のように美しく楽しかった日々の思い出も、胸の張り裂けるように辛《つら》く悲しかった日々の思い出も――共にたくさんの素敵《すてき》な記憶《きおく》たちが住んでいるわ。そんな中にはやっぱり2度と思い出したくないような記憶もある――」

夢のように楽しかった日々、そして胸の張り裂けるように悲しかった日々――そんな静馬の言葉に渚砂の胸はなぜかズキンと痛んだ。

「それでも、その思い出たちを否定《ひてい》してしまう気にはなれないの――消してしまいたいとは思わない。だってそれが例えどんなに苦《にが》い記憶であろうとも、それが今まで生きてきた私《わたくし》の人生、今のこの私《わたくし》――花園静馬をつくり上げているのだと思うから」

そう言いながら高い空の遠くを見つめる静馬の目線《めせん》は真《ま》っ直《す》ぐに揺《ゆ》るぎなく。

その横顔は深い――奥深い静けさをたたえていた。

そこで渚砂に湧《わ》いてきたのは、桜木花織《さくらぎかおり》という少女の存在《そんざい》を知ってから覚《おぼ》えた悲しい痛みとは少し違う、新しい――静馬への想い。

2度と思い出したくないような辛い記憶――。

そうか――静馬お姉様《ねえさま》は大事《だいじ》な――大事な人を亡くしていたんだ――。

渚砂は今さらながらに気がついた。

ひょっとして渚砂は――今まで自分のことばかり考えていたのかもしれない。

静馬お姉様は渚砂よりもきっと花織っていう子のほうが好きだったのに違いない、渚砂なんてその代わり――というよりも、きっと代わりにすらなれないただの遊び相手――そう思ってただ渚砂はいじけていた。

でも、大好きな人が死んじゃうなんて――いったい――どんな気持ちだろう。

どんなに会いたくても、もう2度と会えない。どんなに声が聞きたくても、もう2度と話すことはできない――どんなに触れ合いたいと思っても、その人の温《あたた》かな手はもうどこにもなくて――あるのは日々遠ざかり薄れていく記憶ばかり――。

渚砂はまだそんなに大事な人を亡くしたという経験はないけれど――それは想像するだけで体が震《ふる》えるように恐ろしい気持ちがした。

そんな思い出を――静馬はその体のうちに住まわせて生きている――そしてそんな――辛い気持ちを――。

静馬お姉様――

静馬《しずま》お姉様《ねえさま》──

うわ────ん────

静馬お姉様が、かわいそうだよぉ────

渚砂《なぎさ》は泣きたくなった。

静馬は空を見ながら言葉《ことば》を継げる。

「そして私《わたくし》が好きなのは──今、このたった今──私《わたくし》の全身全霊《ぜんしんぜんれい》をかけて手に入れたいと思うのはあなただけ。こんな思いを──今までの私《わたくし》は味わったことがなかったわ──」

──今までの私──っていうことは──。

ほんのりとした期待が渚砂の胸の奥で首をもたげるけれど、渚砂はそんな自分の心を一生懸《いっしょうけん》命《めい》に押さえつけた。

「人を比べるようなことはしたくないし──過去《かこ》の私《わたくし》と今の私《わたくし》を比べるようなこともしたくはないわ──でもこれだけはあなたに伝えておきたいの。誰がなんと言ったって──」

そう言って、静馬は渚砂に顔を寄せた。

「私《わたくし》はあなたのことが好きよ──今も、こうして2人でいるこの今も、本当はあなたが私《わたくし》の腕の中から飛び去って行ってしまうような気がして怖《こわ》いくらいに──私《わたくし》をこんなふうに心弱くさせることができるのは渚砂だけ。ねえ──」

渚砂には次に何が来るかもうわかっているような気がしたけれど。

「いいでしょう？　渚砂――」

今日《きょう》はなぜか素直に――

――目を閉じることができた。

ほんの少しでも、静馬お姉様が幸せになれるんなら――今は――こうしていよう。

渚砂にできることなんてほんの少ししかない。それを静馬お姉様が求めてくれるのなら――。

どんなに不釣《ふつ》り合《あ》いでも、人に笑われても渚砂はこうして静馬お姉様のそばにいよう――。

いつか――。

静馬お姉様が本当に、その辛《つら》い思い出を浄化《じょうか》できる日が来るまで――。

そうして春の眩《まばゆ》い丘の上で２人の影は１つになり――。

春の風に乗ってひらひらと花びらが舞っていた。

＊

静馬は緑の丘の斜面《しゃめん》に横たわり、いつか眠ってしまったらしい渚砂の横顔を隣《となり》でそっと眺《なが》めながら――

遠く丘の向こうから聞こえてくる歓声《かんせい》とファンファーレに耳を澄ませていた。

そして小さくつぶやいた。

「今回はまだ渚砂《なぎさ》が慣れていなかったから仕方がないわ——でも、こうして私《わたくし》たちの絆《きずな》が固まったからには——もう第2選は絶対に渡さなくてよ。覚悟《かくご》しておきなさいね——」

ニヤリと笑いかけたとたんに、ふわあぁ——と思わずのどの奥からあくびがでた。

麗《うら》らかな春の陽射《ひざ》しに照《て》らされて、いつか静馬《しずま》の体もポカポカと温《あたた》かくなっていた。

「でも、まあ、今日《きょう》のところはこれでいいわ……」

本当に欲しいモノは手に入れたから——。

そう言って静馬は横になり——

眩《まぶ》しそうに空に向かって手をかざし、目をつぶった。

このまま、隣《となり》に寝ている渚砂《なぎさ》の夢の中に入っていけるような気がした。

# エピローグ
## 戴冠式

広く開け放《はな》たれた乙女《おとめ》苑《えん》の正門から。
フラワーシャワーが舞い飛ぶのが見えた。
2日続きのよく晴れた高い春の空に——。
透きとおった乙女たちの聖歌の合唱が響《ひび》き渡る。

聖なるかな
空のひばり
聖なるかな
野の白百合《しらゆり》
主の栄光は天地に満ちて
我らの上に降り注ぐ
天のいと高きみさきに
ホザンナ

そして乙女苑のほぼ中央にある御聖堂《おみどう》の前に

儀式を終えた2人が姿を現した。

割れんばかりの拍手《はくしゅ》と歓声《かんせい》とともに、天を埋め尽くすほどの大量な、色とりどりの花びらが撒《ま》き散らされる。


「おめでとうございます」

「おめでとう!」

「〝小さな冠《プティット・クローヌ》〟の王者、おめでとうございます!」

祝福《しゅくふく》の声があふれる真ん中で、白い宝石の嵌《はま》った手のひらに収まるほどの小さな冠《かんむり》をかぶった王子と、お揃いの宝石の付いたペンダントを下げた姫が、手を取り合って立っていた。

頬《ほほ》を紅潮《こうちょう》させ、見つめ合う2人に——今日《きょう》ばかりは嫉妬《しっと》の声は起こらなかった。

王子は晴れ晴れと、姫は恥ずかしそうに——2人はそろって観衆に手を挙げて応え、それからそっと頬を寄せ合ってとろけそうな——

——極上《ごくじょう》の笑顔《えがお》を見せた。

それを観ている者の顔を自然にほころばせてしまうような、そんな心からの笑顔だった。

会場ではその後、スピカ生徒会の主催による盛大なお茶会が催《もよお》され、すべての生徒にお茶とお菓子が振る舞われた。

こうしてエトワール選第1選、〝輝かしい始まり《ラ・ブリヤン・トゥヴェルチュール》〟は終わった。

**「ストロベリー・パニック！①」おわり**

## ◉公野櫻子著作リスト

「Sister Princess～お兄ちゃん大好き❤～④咲耶」（同）
「Sister Princess～お兄ちゃん大好き❤～⑤雛子」（同）
「Sister Princess～お兄ちゃん大好き❤～⑥鞠絵」（同）
「Sister Princess～お兄ちゃん大好き❤～⑦白雪」（同）
「Sister Princess～お兄ちゃん大好き❤～⑧鈴凛」（同）
「Sister Princess～お兄ちゃん大好き❤～⑨千影」（同）
「Sister Princess～お兄ちゃん大好き❤～⑩春歌」（同）
「Sister Princess～お兄ちゃん大好き❤～⑪四葉」（同）
「Sister Princess～お兄ちゃん大好き❤～⑫亞里亞」（同）
「Sister Princess～お兄ちゃん大好き❤～ ポケットストーリーズ①」（同）
「Sister Princess～お兄ちゃん大好き❤～ ポケットストーリーズ②」（同）
「Sister Princess～お兄ちゃん大好き❤～ ポケットストーリーズ③」（同）
「Sister Princess～お兄ちゃん大好き❤～ ポケットストーリーズ④」（同）
「シスター・プリンセス GAME STORIES①」（同）
「シスター・プリンセス GAME STORIES②」（同）
「シスター・プリンセス Re Pure セレクション」（電撃文庫）
「Sister Princess～お兄ちゃん大好き❤～ THE ORIGINAL STORYS」（電撃G's PREMIUM）
「Sister Princess～お兄ちゃん大好き❤～ Sincerely Yours」（同）

本書に対するご意見、ご感想をお寄せください。

■

あて先

〒101-8305 東京都千代田区神田駿河台1-8 東京YWCA会館
メディアワークス電撃文庫編集部
「公野櫻子先生」係
「たくみなむち先生」係

■

電撃文庫

# ストロベリー・パニック!①

公野櫻子《きみのさくらこ》

発行　二〇〇六年三月二十五日　初版発行

発行者　久木敏行
発行所　株式会社メディアワークス
〒一〇一-八三〇五 東京都千代田区神田駿河台一-八
東京YWCA会館
電話〇三-五二八一-五二〇七（編集）
発売元　株式会社角川書店
〒一〇二-八一七七 東京都千代田区富士見二-十三-三
電話〇三-三二三八-八六〇五（営業）
装丁者　荻窪裕司（META＋MANIERA）
印刷・製本　株式会社暁印刷


ISBN4-8402-3354-3 C0193

# 電撃文庫創刊に際して

文庫は、我が国にとどまらず、世界の書籍の流れのなかで〝小さな巨人〟としての地位を築いてきた。古今東西の名著を、廉価で手に入りやすい形で提供してきたからこそ、人は文庫を自分の師として、また青春の想い出として、語りついできたのである。

その源を、文化的にはドイツのレクラム文庫に求めるにせよ、規模の上でイギリスのペンギンブックスに求めるにせよ、いま文庫は知識人の層の多様化に従って、ますますその意義を大きくしていると言ってよい。

文庫出版の意味するものは、激動の現代のみならず将来にわたって、大きくなることはあっても、小さくなることはないだろう。

「電撃文庫」は、そのように多様化した対象に応え、歴史に耐えうる作品を収録するのはもちろん、新しい世紀を迎えるにあたって、既成の枠をこえる新鮮で強烈なアイ・オープナーたりたい。

その特異さ故に、この存在は、かつて文庫がはじめて出版世界に登場したときと、同じ戸惑いを読書人に与えるかもしれない。

しかし、〈Changing Time, Changing Publishing〉時代は変わって、出版も変わる。時を重ねるなかで、精神の糧として、心の一隅を占めるものとして、次なる文化の担い手の若者たちに確かな評価を得られると信じて、ここに「電撃文庫」を出版する。

**1993年6月10日**
**角川歴彦**